光文社文庫

長編ハード・バイオレンス

わが胸に冥《くら》き海あり

勝《かつ》目《め》 梓《あずさ》

光 文 社

この作品はフィクションであり、特定の個人、団体等とはいっさい関係がありません。

著者

目次

闇からの使者　7
霧の道　47
影の軌跡　86
マロニエの記憶　131
哀しみの里　188
朱の柩　243
血の裁き　294
白い朝　330

わが胸に冥《くら》き海あり

闇からの使者

1

その日が初日だった。

会場は原宿《はらじゅく》の貸ホールである。表参道《おもてさんどう》に面したビルの六階にあった。ビルの入口に大きな看板とポスターが出ていた。

〈現代アニメーション九人祭〉

矢口克巳《やぐちかつみ》は足を停《と》めてポスターを見やった。著名なアニメーターの名前が九つ並んでいる。最後に下條有紀子《しもじょうゆきこ》の名があった。さらに間をあけて招待作家とあり、外国人の名前が三つ並んでいる。

矢口はもう一度、有紀子の名前に眼を留《と》めた。かすかにほほ笑みが生れた。

ホールの入口にも看板が立ち、ポスターが並んでいた。人が群れている。音楽が流れていた。音量はしぼられている。若い客たちにまじって、年輩者の姿も眼についた。美術関係者かジャーナリスト、といった感じの人たちだった。

矢口は招待券を係員に渡して中に入った。正面の舞台にスクリーンがあった。両の袖《そで》には新聞社やテレビ局の花輪が見えた。

四百あるという客席は七分どおり埋まっていた。思ったより盛会だ——矢口は思った。上映がはじまるまでにはまだ時間がある。満席になるだろう。矢口は有紀子のためにそれを願った。

ほの暗い客席で手があがった。若い男がふりむいて笑顔を見せている。江西透《えにしとおる》だった。矢口の助手である。今年カメラ学校を卒《お》えて矢口に拾われた。拾われたとは本人のことばである。

矢口はうなずいた。江西はあげた手をおろした。江西の横の席は空《あ》いていた。江西には矢口が券を売りつけたのだ。他にも何枚か押しつけた相手がいる。初日にかけつけてくれたのは江西だけらしい。

「一緒に見るんでしょう？　ここ空いてるけど来なくったっていいですよ」

寄って行った矢口に、江西は笑ってにらむ眼を向けてきた。一緒に、というのは有紀子のことを言っているのだった。

「ばか。二つ席をとっとけ。おまえとも一緒に見てやる」

「やるはないでしょう」

「すぐ来るからな」

矢口はそこを離れた。通路をまわってステージ横のドアに向った。奥に出品者たちの控室があるはずだった。

ドアの奥の通路は人の往き来が賑《にぎ》やかだった。矢口は二、三人の人たちに頭を軽く下げられた。会釈《えしやく》を返した。みんな有紀子の仲間たちだった。矢口と同業のカメラマンもいれば、アニメーターのアシスタントもいた。有紀子のアトリエで顔を合わせたことのある間柄だった。

有紀子は用意された控室にいた。枯葉色のワンピースに細い金のネックレスをしていた。胸に造花をつけている。出品者のしるしだった。

有紀子は二人の男と話していた。矢口を見て眼顔でうなずいた。二人の男は有紀子の話をメモしていた。どこかの記者らしい。

有紀子は上気した頰《ほお》に手をあててしゃべっていた。有紀子が出品している『冥父《めいふ》』というタイトルのアニメーションは、二ヵ月前の夏に、国際アニメーションフェスティバルでグランプリを受けていた。その前には同じ『冥父』がカナダの短篇映画祭でゴールデンアロー賞、さらにその前には、国内の新聞社主催の短篇映画コンクールで金賞を受けていた。『冥父』は、父に死なれた少女が、夢の中で亡くなった父に会いに行く、という幻想的な作品だった。

上映時間二十分足らずのものだが、盛りこまれた幻想と情念の厚みは、矢口が見ても胸に迫るものがあった。

具体的なストーリーはないが、主人公の少女の父は非業《ひごう》の死を遂げていて、冥府に会いにやってきた娘に、父が自分の死の原因を語る、といった構成をとっていた。

そうした暗い幻想世界を表現するのに、有紀子は背景に漆《うるし》を用いる、という斬新な手法を用いていた。漆の朱や黒や沈金《ちんきん》の持つ深い色調が、作品の開示する世界に奥行きを与えていた。その点が高く評価されて、重なる受賞に結びついたのだった。

記者たちはなかなか有紀子を放しそうにない。矢口はいったん部屋を出た。

「ムッシュー……」

美事な髭《ひげ》の男がにこやかに寄ってきた。

「やあ、ペレ……」

招待作家の一人、ジャン・P・ペレだった。有紀子のアニメーションの師匠に当る人物だ。

矢口はパリで有紀子と出会い、さらにペレと知り合った。三年前の冬だった。

「ユキコは?」

ペレは握手の手を解いて、フランス訛《なま》りの英語で訊いた。

「彼女は新聞記者につかまっているよ」

矢口は日本語訛りの英語で答えた。互いにそれでパリの時から用が足りていた。

「新聞記者なんかには、なるべく難しいことをしゃべってやることさ。特に美術記者にはね」

ペレはいたずらっぽい眼になっていた。

「どうせ奴らには何も分りゃしない。難しいことを並べると、びっくりして記事でもちあげてくれる」

矢口はペレのことばに笑った。ペレは肩をすくめてみせた。

控室から記者が出てきた。矢口はペレを誘って引き返そうとした。記者たちはペレの姿を見つけて寄ってきた。ペレがどうやら難しいことを並べる番らしい。矢口はペレに会釈を残して控室にもどった。

控室で有紀子は他の出品者たちと話していた。彼らはすでに記者のインタビューから解放されたらしい。

有紀子は矢口を見て入口にやってきた。

「盛会だよ、客席のほうは……」

「らしいわね」

有紀子は明るい声を出した。

「いま、そこでペレと会った」

「何か言ってたでしょう?」

有紀子の眼が笑っていた。

「別に……。ああ、新聞記者には難しい話をするのが一番とかって言ってた……」

「それだけ？」

「何か言われたの？」

「〝カツミ・愛の世界〟、次回作のタイトルはそれだろうって……」

有紀子は矢口の胸もとに顔を寄せてささやいた。顔はすぐに離れていった。矢口は甘い肌の匂いを嗅《か》いだ気がした。

「江西が来てるんだ。席を取ってある。来るだろう？」

「はじまる前には行くわ」

矢口はうなずいて廊下に出た。すぐに引き返して有紀子に声をかけた。

「なあに？」

「挨拶《あいさつ》、落ち着いてやるんだよ」

「わかってる。乞う、ご期待と言いたいけど、やっぱりあがると思うな」

「じゃあ……」

2

客席が暗くなった。逆にステージが明るくなった。

司会者が袖のマイクで開会を告げた。場内が静かになった。プログラムでは、はじめに著名な映画評論家が話をすることになっていた。その後で九人の出品者が一人ずつ呼ばれて紹介を受け、挨拶をする。つづいて上映という手順だった。

評論家は短い時間で、アニメーションの表現上の可能性の広さを語り、出品者九名の個性をそれぞれ要領よく紹介した。

「さすがですね。テレビの映画解説できたえたな」

江西が小声でへらず口を叩いた。

「ここでお断りをひとつ申し上げねばなりません」

評論家の退場を待って司会者が言った。

「出品作家の中のお一人、下條有紀子さんが、急用のために当会場を出ておられます。上映時間までにおもどりになれない場合は、下條さんのご紹介を休憩時間まで延ばすことになりますので、あらかじめご承知おき願いたい、と思います」

矢口は首を傾《かし》げた。

「どうかしたんですか?」

江西が体を寄せてきてささやいた。

「どうしたんだろうね。こういうときに急用とはね……」

矢口は首を傾げたまま言った。思い当ることは何もなかった。

有紀子とはさっき、控室の入口で別れたばかりである。そのときは急用など抱えていそうもなかった。それっきり客席にもやってきていない。

「帰ってくるでしょう、そのうちに……」

江西が言って座席の椅子《いす》をきしませた。

舞台では、出品作家たちの紹介と挨拶がつづいていた。

それがすべて終った。三人の招待作家の紹介があった。顔を見せたのはペレだけだった。彼はたまたま東京に滞在していたのだった。

ペレの紹介が終って、舞台の明りが消された。上映がはじまった。有紀子がまだもどっていないことを矢口はそれで知った。

妙な胸さわぎがした。根拠は何もない。矢口は胸さわぎを追い払った。スクリーンに意識を集中した。

はじめはユーモラスな日本の民話を素材にした作品だった。登場人物のキャラクターと中間色を基調とした色彩がすばらしかった。山が二つに裂けるというスペクタクルシーンも、眼を見はる工夫がなされていた。

民話、創作物、今昔物語から材をとったもの、ファンタジックなものなどとつづいた。九人の出品作家は、全員が内外で賞をとっている実力派ばかりだった。矢口は堪能した。さっきの胸さわぎなど消えていた。

プログラムでは、有紀子の『冥父』は休憩時間の前に上映されることになっていた。第一部の終りである。

一部が終り、休憩時間がきても、有紀子の紹介はなかった。矢口はまた気がかりを覚えた。

「はじめて下條さんのアニメ見たけど、すごいですね、やっぱり……」

江西が言った。

「あの人のふだんの明るい印象とはまるで違うんだもの。まごついちゃうよ……」

「すごいだろう」

矢口はおざなりの合の手を入れた。彼自身は何回も有紀子の作品を見ている。『冥父』だけでも五、六回は見た。背景の漆を用いた絵のいい知れぬ効果は、何回見てもドラマティックな感興をそそった。

「やっぱり漆が効《き》いてますね」

「作るほうはたいへんらしいけどね」

「あそこが特に凄かった。ほら、父親の顔が漆黒《しっこく》という感じの闇からすこしずつ浮き出てくるところ」

「あそこな。いいだろう」

「それと、父親が殺されるときの朱色の血しぶき。それと父親と少女が別れるとき」

「ああ、金色にバックが変って……」

「そう。蒔絵《まきえ》みたいな感じにね。父親を殺す男たちの顔もずいぶんていねいですね」

「ていねいと凝りが身上らしいからな、アニメーションてのは……」

江西はうなずいた。矢口は黙って席を離れた。江西が問いかける顔になったが、何も言わなかった。

ロビーには人が群れていた。たばこの煙が濃くただよっていた。

矢口は控室に足を向けた。廊下の手前で有紀子の作画のアシスタントをよく勤める若い女に出会った。有紀子はノッちゃんと呼んでいる。矢口はちゃんとした名前を知らない。ノッちゃんは有紀子と矢口との仲を知っているはずだった。

「彼女はまだもどってこないの？」

矢口はノッちゃんに訊いた。

「まだのようですね」

ノッちゃんは言った。やはり気にしているようすだった。

「急用ってなんだろう。聞いてませんか？」

「電話があって出て行かれたんです。すぐもどるからって……」

「あなたにもそれだけしか言わずに？」

「そうなんです。あたしもあんまりお帰りが遅いんで、気が気じゃないんです」

「アトリエに電話してみようかな」

「まさか、アトリエじゃないと思いますけどねえ。すぐもどるっておっしゃったから」

「そうだなあ」

有紀子のアトリエは三鷹《みたか》のマンションの一室にある。住まいも兼ねているのだ。原宿からは、さほど遠くはない。だが、行ってすぐにもどれる距離ではない。

矢口はロビーに引き返した。赤電話があいていた。矢口はポケットからコインをつまみだした。念のためにと思う気持があった。有紀子のアトリエの電話番号をまわした。

自分の部屋の電話番号よりしっかり頭に刻み込まれている番号だ。矢口は咄嗟《とっさ》には自分の部屋の電話番号を口にできないことがある。有紀子のはそういうことはない。

逢えない日は必ずまわす番号である。逢える日もまわす。時間と場所を決めるために。

電話はつながった。だが、話し中だった。矢口は意外に思った。有紀子はアトリエに帰っている？

有紀子は独り住いである。アトリエでは誰も今夜はもう仕事はしていないはずだった。電話を使っているのは有紀子以外に考えられない。

休憩時間は間もなく終ろうとしていた。矢口は腕の時計を見た。一分待った。ふたたび受話器を取った。呼出し信号がひびいた。矢口は軽い安堵《あんど》を覚えた。安堵は長くはつづかなかった。

呼出し音はしばらく止まなかった。一瞬の差で有紀子は部屋をとび出してこちらに向った後なのかもしれない——矢口はそう思った。あきらめて受話器を耳から離そうとした。同時に呼出し音が途切れた。

「もしもし……、有紀子？」

矢口は声を送った。応答はなかった。電話はすぐに向うから切れた。切れる寸前に矢口は咳払いに似たものを受話器に聴いた気がした。

狐につままれた気がした。まちがい電話をかけたか、とも思った。

最初が話し中で、つぎは応答なしで切れたのである。二度ともダイヤルを回しちがえることはなさそうだった。また胸が騒いだ。わるい想像ばかりが湧いた。根拠は何もなかった。だから始末がわるかった。

第二部のはじまりを告げるベルがひびいた。ロビーの人々が出入口のドアに向った。

矢口はもう一度受話器をとった。頭の中で数字を確かめながらダイヤルを回した。

呼出し信号の音がつづいた。今度は誰も出ない。矢口は信号音を二十までかぞえて受話器をもどした。

落ち着かない気持で客席にもどった。

「下條さん、連絡とれたんですか？」

江西が小声でたずねた。矢口が席を立った目的を察していたらしい。矢口は無言で首を横に振って坐った。

客席の明りが暗くなりかけた。それはすぐに元にもどされた。司会者がほの暗い舞台の袖に姿を現わした。彼はマイクスタンドからマイクをはずして口にあてた。

「みなさまにお詫びを申し上げなければならなくなってしまいました」

矢口は思わず軽く身をのり出した。

「ただいま下條有紀子さんから連絡がございまして、ご本人はどうしても本会の終映時間までにこちらにもどるのは困難だとおっしゃっておいでです。ご来場のみなさまには、まことに申し訳ない、重々お詫びを申し上げてほしい、とのことです。何分、のっぴきならない急用とのことですので、どうかあしからずご了解のほどをお願いいたします」

司会者は袖幕の間に姿を消した。客席は暗くなった。

「よっぽどの突発的な用だったんですね」

江西が暗い中でささやいた。

「らしいな……」

矢口はくぐもった声を出した。

3

第二部の上映が終った。

司会者が閉会を告げた。

「おれ、急ぐからな」

矢口は江西にことばを残して席を立った。

横の出口のドアを押して廊下に出た。スクリーン裏の控室に急いだ。

控室には何人かの出品者たちがいた。テーブルの上にスコッチのびんが何本か立っていた。

有紀子のことを訊《き》けそうな相手はいなかった。

矢口は控室を出た。ノッちゃんが廊下を近づいて来ていた。茶碗を並べた盆を持っていた。

矢口は大股で寄って行った。

「もどれないって連絡があったんだって？」

矢口は人称を省いた言い方をした。

「そうなんです。電話がきて……」

ノッちゃんは盆を持ったままうなずいた。盆の上の茶碗が鳴った。

「本人から電話があったの？」

「ちがいます。代理の方でした」

「電話を受けたのはあなた？」

「はい。あたしにと名ざしでかかってきたらしいんです」

「で、なんて言ったんです？　相手は」

「終るまでに用がすみそうもないって……」

「男の人？」

「はい……」

「心当りのある声じゃやなかった？」

「知らない人だったわ、あたしの……」

「どんな感じの声だった？」

「若い人じゃなかったみたいでした。ちょっと横柄《おうへい》な感じの物の言い方で……」

「どこからかけてるのか、言わなかった？」

「下條さんのアトリエの近くだって言ってました」

「普通だとは思えないなあ。こういうときに……」

「どうなさったんでしょうか？」

矢口は首を傾げてみせた。

「何かあったんでしょうか？」

「ぼく、これからアトリエに行ってみます」

ノッちゃんはうなずいた。矢口のことばで不安を誘いだされた、という顔になっていた。

矢口は廊下の端のドアに向った。開けるとペレが立っていた。向うはドアを開けて入ってこようとしていた。

「ユキはどうしたんだろう？」

ペレが柔らかいバリトンで訊いた。

「ぼくにも判らないんだ」

「一緒じゃなかったんだね？」

「ぼくも何も聞いていないんだよ」

「ムッシュー・ヤグチと一緒だと思ってたんだ。あなた、心配そうだね。ユキコに何かトラブルが起きる心当りでもあるのかい？」

「そんなものはない。ないけど、急にこの会場から出て行ってもどらないというのは、ただ事じゃないという気がするんだ。見当はつかないが、これから彼女のアトリエに行ってみるよ」

「ぼくは夜はホテルにもどっている。電話を待ってるよ」

「そうするよ」

矢口はうなずいてロビーに向った。

第二部の上映がはじまる前に、有紀子のアトリエに電話をしたことは、ノッちゃんにもペレにも言わなかった。余計なことという気がしたのだ。

車は地下の駐車場に入れてあった。セドリックのワゴンである。野外の撮影にも使うのだ。ロビーのエレベーターで下りた。時刻は午後八時をまわっていた。

街はどこも夜の賑わいの中にあった。山手《やまて》通りから甲州《こうしゅう》街道に入り、水道《すいどう》道路を抜けた。一時間足らずで有紀子の住むマンションに着いた。

部屋は四階である。矢口は部屋の鍵を預っていた。念のためにドアのチャイムボタンを押した。応答はなかった。矢口は鍵を開け、ドアを押した。中は暗かった。手さぐりで玄関のスイッチを探して押した。

夜遅く、有紀子と二人で帰ってきて、そうやって明りをつけて部屋に入ることがよくある。そういう夜は矢口は仕事場兼住まいの大森《おおもり》のマンションの部屋には帰らない。逆に有紀子が彼の部屋に泊っていくこともある。

有紀子はアニメーター、矢口は新進の婦人科と称されるカメラマン。それぞれ仕事を持っている。それが二人が結婚という形をとらずにいる唯一の理由だった。二人とも仕事の分野では昇り坂にかかっているのだ。

矢口は靴を脱いで上がった。中は静まり返っていた。短い廊下のすぐ横に部屋が一つある。そこはタンスや本棚で占められている。いわば納戸兼書庫だった。突き当りが十五畳ほどのリビングルームだが、有紀子はそこを応接間とアトリエに使っている。

その横手に六畳の部屋と五畳くらいのダイニングキッチンという間取りである。六畳の部屋が寝室に使われている。

矢口はアトリエをのぞき込んで眼をみはった。

ひどく荒らされていたのだ。いつもそこは散らかってはいる。だが、いつもの乱雑さとはちがうことが、矢口にも一目で判《わか》った。

窓ぎわの大きな机や、キャビネットが、明らかに掻《か》きまわされているのだ。キャビネットに納められていたはずの原画の束やビデオテープのケースが床に散乱していた。

机の上には、描きかけのセル板の上に、ポスターカラーが無残にとび散っていた。そばに蓋《ふた》のあいた容器がころがっていた。倒れて中身がセル板にとび散ったものとみえた。

描きかけの絵は、大手の乳業会社に有紀子が頼まれたテレビコマーシャル用のアニメーション原画だった。

その仕事が七分どおりは終っていることを、矢口は有紀子に聞いていた。有紀子はコマーシャルや児童向けのアニメーションで金を得て、生活費と自主制作の純度の高いアニメーションの制作資金に当てているのだ。自主制作のアニメーションはまず利益は生まない。制作費が一千万円を超えるのも珍しくはない。そういう仕事だった。

矢口は荒らされたアトリエに立ちつくした。何事が起きたのか、すぐには見当がつかなかった。

原宿の貸ホールのロビーからかけた電話のことを考えた。あのとき電話を取った男がアトリエを荒らしたのではないか、とも思えた。何があろうと、有紀子自身がアトリエをそんなふうにするとは考えられなかった。

泥棒が入ったにしては、他の部屋が荒らされていないのは妙だった。

矢口はふたたび窓ぎわの机の前にもどった。見覚えのある段ボールの箱が机の足もとに出ていた。そこに七分通り終っている乳業会社のコマーシャルフィルムの原画のセル板が納められていることを矢口は知っていた。いつもはキャビネットの上に置かれているはずの箱だった。

原画は間に薄紙をはさんで、段ボール箱に入っていた。

矢口は一番上の薄紙をめくってみた。危うく声を出すところだった。薄紙の下から現われた原画は×印に切り裂かれていた。

矢口は胸をつかれた。段ボールの箱から取り出して調べた。他の原画も一枚残らず無残に切り裂かれていた。薄紙の間紙ごと切られている。何枚かを重ねておいて、カッターナイフか何かを当てたのだろう。

矢口は唸《うな》った。胸がふるえた。口の中が渇いていた。ダイニングキッチンに行って水道の水を飲んだ。コップの水がこぼれて顎《あご》を伝い、サハリジャケットの胸元に滴《したた》った。

矢口はそれを手で払った。同時に電話のベルが鳴った。電話は窓ぎわの机の横の台の上にある。

矢口は散らかったアトリエを横切って電話機に向った。

「もしもし……」

こわばった声になった。応答はなかった。矢口は同じことばを大声でくり返した。不意に受話器に荒い呼吸の音がひびいた。つづいて声が送られてきた。

「克巳……」

有紀子の声だった。泣き出す寸前のようすを思わせる声だった。

「いったい何が起きたんだ？　いまどこにいる？」

矢口は両手で受話器をにぎりしめていた。

「お願い。あたしを探さないで！」

有紀子は叫んだ。息がはげしくはずんでいた。叫びは途中でくぐもって遠くなった。口を押えた感じだった。つづいて有紀子の苦しげなうめきが矢口の耳を打った。

「有紀子！」

矢口も叫んだ。電話は切れていた。

矢口は受話器をもどした。叩きつけるようなもどしかただった。手は受話器をつかんで押えたままだった。彼は立ちつくした。思考は形を成さないうちに飛び散っていく。

すぐにまた電話が鳴った。はじめのごく短いベルで、受話器を耳に押しあてた。

「矢口克巳さんですね」

落ち着いた男の声を矢口は聞いた。

「そうです。あなたは？」

矢口も波立つ胸を鎮めて言った。

「警察には届けないほうがいい。下條有紀子さんの身の安全を願うならね」

「誰だ、あんた？」

「下條さんの仕事の関係の人たちにも、さっきの彼女の電話のことも、いまのこの電話のことも話さないほうがいい。あなたがたのためです。理由はおわかりでしょう？」

「ぼくらのため？　誰なんだ、あんた？」

「とぼけっこなしに願いたいですな、矢口さん。仕掛けたのはそっちじゃないですか」

「何を仕掛けたというんだ、ぼくが？」

「とにかく一度、話し合いましょう。それも早急にね。今夜のうちにもう一度電話をします。待っててくれますね？」

「有紀子はどこにいる？」

「それも話し合いの末にお教えするかどうか、決めさせてもらいます」

ことばの終るのと電話が切れるのがほとんど同時だった。

4

電話はいっこうに鳴らなかった。

矢口は落ち着かなかった。ウイスキーを舐《な》めて待った。アトリエのソファに体を伸ばした。むろん眠気など生れてこようはずはなかった。

何事が起きたのか。この事態の背後にあるのは何なのか。さっぱり判らなかった。わるい夢としか思えない。

『仕掛けたのはそっちじゃないですか』

電話の男はそう言った。いったい何を仕掛けたというのか？

有紀子が仕事のことで誰かの怨《うら》みをかったのか？　それもありそうな話とは思えなかった。相手は矢口がその時、マンションの有紀子の部屋にいることを知っていた。電話をかけてきたことがそれを示している。

矢口の名前も知っていた。有紀子の仕事に矢口は何ひとつ関わりはない。だとしたら、有紀子の仕事の上でのトラブルとは考えにくい。

『お願い。あたしを探さないで！』

有紀子はそう叫んだ。それだけしか叫ばなかった。後は荒い息づかいと苦しげなうめき声。それが矢口の耳にしたことのすべてだった。

そのとき、有紀子は一人ではなかった。明らかに傍《そば》に人がいた。有紀子が力ずくで威《おど》されていた気配ははっきりしている。

そうした中で、有紀子は自分を探さないでほしい、と叫んだのだ。

その叫びは、彼女を威している者の意に染まない内容のものだったのだろう。そのために声は何らかの方法で封じられ、彼女はうめき声をもらした——。

だが、そうだとすれば有紀子はなぜ、助けて、とか、居所を知らせるようなことばとかを叫ばなかったのか。相手の意に反したことばを矢口に送るつもりなら、それができないはずはないだろう。彼女は自分を探さないでほしい、と叫んだのだ。

まるで、これから失踪を遂げようとしている人間のように。

そこが矢口にも不可解だった。

いずれにしろ、事態は警察の手をわずらわすのに充分のものではあった。アニメーションフェスティバルの会場からの理由不明の有紀子の外出。荒らされたアトリエ。切り裂かれたコマーシャルフィルムの原画。有紀子からと男からの二度の電話——すべてただごとではなかった。

事実、矢口は何回か一一〇番を回しかけた。だが、そのつどダイヤルにかけた手は途中で停まった。停めたのは電話の男が吐いたことばだった。

警察にも、有紀子の仕事の関係者たちにも何も知らせるな、と男は言った。知らせれば有紀子の身に危険が及ぶと。

有紀子は人質に取られたということか？

しかし、いったい何が目的で？

事態ばかりが衝撃的で鮮明に眼に映る。だが、背後にある事柄の根は影すらもうかがえない。

矢口は空《から》になったグラスに新しくウイスキーを注いだ。頰にかすかな火照《ほて》りが生れていた。酔いは回ってこない。頰の火照りも酒のためか。昂奮のせいか。見定めはつかない。

矢口はアトリエのソファを離れた。有紀子の寝室に行った。有紀子のというよりも、矢口と有紀子の寝室、と言えた。それほど多くの夜を二人はその部屋で共に過した。温かく穏やかな二人の夜が突然、わけもわからずに絶ち切られようとしている——矢口はそう思った。

セミダブルのベッドに体を横たえた。枕に有紀子の髪の匂いが残っていた。

矢口はカバーと毛布をはぐった。シーツに顔をつけた。有紀子の体臭がこもっていた。矢口は胸を灼《や》いてくるものを覚えた。

はじめての夜が思い出された。

パリ。三年前の冬——。

クリニヤンクールのアパルトマンの屋根裏部屋のような一室。そこが有紀子の住まいだった。クリニヤンクールは蚤《のみ》の市《いち》で知られた土地である。柄《がら》のいい場所ではない。ペレが近くに住んでいた。アパルトマンはペレの世話で借りたのだった。

そこから有紀子はメトロで、クリシーにあるペレのアトリエにアシスタントとして通っていたのだ。

矢口は仕事でパリに二十日間ほど滞在していたのだ。仕事はある人気女優のパリでのロケに便乗して、彼女のポートレートを撮《と》るというものだった。ある女性誌の企画である。

本来ならかけ出しの矢口などにまわってくる仕事ではなかった。矢口はついていたのだ。依頼を受けていた売れっ子のカメラマンが車の事故で怪我をした。矢口の師匠筋に当る人だった。矢口が急遽《きゅうきょ》パリでの仕事の代役に立てられたのだ。

有紀子と知り合ったのは偶然である。

知り合って四日目の夜、矢口はサンミシェルのカフェで有紀子と落ち合った。その日の矢口の仕事がそこで終ったからだ。

二人は食事をし、セーヌの河畔《かはん》を歩いた。矢口は途中で足を停めて有紀子を抱き寄せた。有紀子はためらいを見せなかった。凍《こお》るような夜気の中で有紀子の頰は火照っていた。唇《くちびる》を離して吐いたたがいの息が、まっ白くひとつになって消えた。

はじめてのキスの後で、サンミシェルからクリニヤンクールに通ずるメトロは、柄がわるくて夜は怖い、ということを有紀子が言った。誘いのことばともとれた。矢口は迷わずそう受け取った。送っていく、と答えた。

たしかにメトロの通路や車内には、得体のしれない風態《ふうてい》の男たちや女たちが眼についた。身なりのよくない少年たちが、すばしこそうな眼で矢口と有紀子を見ていた。

『彼らはきっとあたしたちの財布を狙ってるのよ』

有紀子は少年たちを見ないようにして矢口の耳にささやいた。彼らのような子供たちが、二人か三人で組んで観光客の財布を抜き取る手口の鮮やかさも有紀子は語った。

クリニヤンクールの有紀子の部屋は、おそろしく冷《ひ》えていた。窓の外の暗がりには白い霧が煙のように流れていた。その中を歩いてきた二人は、しかし霧の刺すような冷たさを忘れていた。

石油ストーブをたいた。部屋はいっこうに温まらなかった。霧で重く湿ったコートを着たまま、二人は二度目のキスをした。長くて熱いキスだった。離れてから吐いた息は、そこでもまだいくらか白く見えた。

有紀子は紅茶にブランデーをたくさん入れて飲んだ。矢口はウイスキーをストレートで喉の奥に流し込んだ。

矢口はホテルに帰ろうなどとは思わなかった。有紀子もそれを望んではいなかった。二人は抱き合ったまま、部屋が温まるのを待っていた。

一間《ひとま》きりの部屋で、有紀子は着ているものを脱ぎ、シャワールームに入った。矢口も交替でシャワーを浴びた。

もどると有紀子はベッドの中にいた。シャワールームから出てきた矢口をまっすぐに見ていた。二重瞼《ふたえまぶた》の黒目のかった大きな眼に、ストーブの火が映っていた。

『不思議だわ……』

矢口がベッドに入るとすぐだった。有紀子は裸の胸を寄せてきて言った。

『はじめて会ったとき、こうなるような気がしてたの……』

矢口は答えられなかった。かすかなたじろぎがあった。彼にはまだ、それを旅先での行きずりの恋と思うところがあったのだ。

矢口は答える代りにキスを送った。有紀子は全身で応えてきた。はずみの強い乳房が矢口の胸を押していた。ひきしまった腰が大きく反《そ》っていた。

矢口は唇を重ねたまま、有紀子の背中をさすり、脇腹を手で掃《は》いた。見事に白い肌はしっとりと矢口の掌にまといつく感じを備えていた。矢口の手は、反ってしなった有紀子の腰をいつくしんだ。

事が終ったとき、二人の体も部屋も汗ばむほどになっていた。めくれたままのカーテンの端に、夜の闇を映した窓がのぞいていた。窓は雨に濡れたように小さな滴をつけていた。

矢口は有紀子の裸の胸に頰をつけたまま、『不思議だわ』とささやいた有紀子のことばを反芻《はんすう》していた。そうなることを予感したという有紀子のことばに、矢口はもうたじろぎを失くしていた。彼はどこか唐突にはじまった有紀子との関係に、強い執着を覚えはじめていた。ゆきずりの恋では終らない——そういう予感が生れていた。

矢口は頭を起して、有紀子の乳房のあちこちに唇をつけた。ひっそりと息づくような乳房だった。小さいが形はくっきりと端正だった。唇がついて離れるたびに、とがりを失っていない乳首までが細かく固いふるえを見せた。

矢口は湧き立ついとしさに衝《か》られた。有紀子のしげみに頬ずりをした。淡い色合いのそこのたたずまいはひどく好ましかった。矢口はこんもりとしたしげみの穂先を唇で捉えた。白く輝く腹に顔を埋めた。

それが二度目の抱擁のきっかけとなった。

一度目のとき、有紀子は声をかみ殺しているようすだった。二度目のとき、彼女はおのれを解き放つような短くするどい声をあげて、訪れた歓《よろこ》びの深さを矢口に伝えた。

以来、矢口は有紀子の歓びの声をどれほど多く耳にしてきたか。

その声は二人の仲が進むにつれて、いく色にも変った。

矢口の耳に、ふとその声がこだまするようだった。矢口は主のいない有紀子のベッドのシーツから顔を上げた。

ウイスキーのグラスは空になっていた。

時刻は午後十一時をまわっていた。

さっきの男からの電話はこない。

矢口は三杯目のウイスキーを注ぐためにベッドを離れた。荒らされたアトリエの眺めが、矢口にふと凌辱された有紀子の姿を思わせた。怒りが胸を矢となって貫いた。

ウイスキーのびんはソファの前のテーブルに出してある。手を伸ばしかけて、矢口は身をひるがえした。グラスが手から放れてソファの上にころがった。

二度目の信号音で、矢口は受話器をつかんだ。

「さっき電話した者です」

そのときも相手の声は平静だった。シュガーコーティングした毒薬――矢口はそう思った。

「さっきお伝えした話し合いの件ですが……」

「何をいったい話し合うって言うんだ？」

「矢口さんもお人がわるい。子供じゃあるまいし、ここまできてそういう冗談はお止しなさい。いまから出てきていただきたいんだ」

「どこに？」

「江東《こうとう》区の有明《ありあけ》埠頭。フェリーの発着所のあるところです」

「そこに有紀子もいるんだな？」

矢口は勢いこんだ口調になった。返事はなかった。電話は切れていた。

矢口は思案した。有明埠頭に行くことに迷いはなかった。相手の正体も目的も判らない。自分も有紀子も何かとてつもない大きなまちがいの渦に不意に巻き込まれた、という思いが強い。まちがいと判ればなんでもないのかもしれなかった。

電話の男が漂《ただよ》わしている空気には、理不尽で荒っぽいものが匂った。有明埠頭には何か危険が待ち受けている気もする。

だが、行けば必ず何かが判る。矢口に、危険を怖れる気持はなかった。有紀子の身に何が起きたのか。それだけが心を占めていた。

矢口は電話のダイヤルを回した。ペレのことが頭に浮かんだ。だが電話の相手に選んだのはペレではなかった。ペレに事態を告げるのは先でいいと思った。

江西はまだ起きていた。電話に出た声は寝ぼけてもいず、酔ってもいなかった。

「いま何してる？」

矢口は訊いた。

「へへ……。アルバイトですよ。友だちの結婚式のスナップ、この前たのまれて撮ったでしょう、スライドにするって……」

江西は陽気な声を出した。陽気さと腕っ節の強さがこの男のきわだった特徴だった。

「あのときのフィルムをマウントしてるんです」

「有紀子が妙なことになってるんだよ」

矢口はそれまでにあったことを手短かに話した。

「で、これからおれは有明埠頭に行く。おまえも来てほしいんだ」

「立ちまわりになりそうなんですか？」

「わからない。念のためだ。場合によっては相手を尾行して素性を確かめなきゃならんかもしれない」

「単車がいいかな？　車も借りれば都合はつくけど……」

「単車がいいんじゃないか。目だたないからな。おれは自分の車で行く」

「どこかで落ち合いますか？」

「いまから二十分後に青梅《おうめ》街道の杉並《すぎなみ》区役所の前を通る。おまえはそこに待ってて、間をおいてつけてきてくれ」

「オーケイ」

江西は張り切っていた。彼の住んでいるアパートは荻窪《おぎくぼ》の駅に近い。

5

深夜の道は、新宿界隈《しんじゆくかいわい》をのぞいてはすいていた。

矢口の車は、午後十一時四十分に杉並区役所の前を通った。有紀子の部屋を出て二十二分過ぎていた。

区役所の前の道に単車は停まっていた。すぐ横のガードレールに腰をおろしている江西の姿もあった。矢口はスピードを落さずにその前を走り過ぎた。江西が矢口の車を見おとす心配はなかった。ナンバーも憶えている。単車のライトがすぐうしろについた。矢口はそれをバックミラーで眼に留めた。

四谷見附《よつやみつけ》から半蔵門《はんぞうもん》に出て、内堀《うちぼり》通り、さらに晴海《はるみ》通りをたどった。江西の単車のライトは、間に入った車の陰に見えがくれしていた。

晴海から先はめっきり車の数が減った。うしろに大型のコンテナートラックがついていた。築地《つきじ》を抜けたあたりからのようだった。そのために単車のライトは矢口の眼に入らなくなっていた。

東雲《しののめ》橋を渡ってからは、走っている車は矢口のワゴンと、うしろのコンテナートラックだけとなった。

矢口はトラックはまったく気にかけなかった。どこかに急ぎの荷を運ぶのだろうと考えていた。

矢口は湾岸道路を右折した。トラックも右折した。曲りながら矢口はフェンダーミラーに眼をやった。江西の単車の追尾を確かめるためだった。

単車のライトは見えなかった。だが街頭のほの明りの中に単車の走る姿は見えた。どういうつもりか、江西はライトをすっかり消して走っていたのだ。

湾岸道路は暗かった。車の姿は他にない。有明埠頭は近かった。矢口はスピードをあげた。識《し》らぬまに歯を強く嚙みしめていた。

トラックのエンジンの音が耳についた。矢口はバックミラーを見た。トラックはすぐうしろに迫っていた。

矢口は不意に眼を細めた。トラックがライトを上に向けたのだ。その光がバックミラーを射《い》て矢口の眼に反射した。矢口は舌打ちした。ミラーの角度を変えた。眩《まぶ》しさは消えた。

トラックはセンターラインを越えて右に出た。追い越す気だな、と矢口は思った。左に車を寄せてスピードを落した。

トラックは横に並んだ。そのまま並んで走った。矢口ははじめておかしい、と気づいた。横の視界を塞《ふさ》いで轟音をあげて突っ走る鉄の箱にはじめて悪意を覚えた。

矢口は抜こうと思った。アクセルを踏み込んだ。トラックも前に出た。トラックの運転席のドアの下端が真横にあった。それがいくらか前に出た。

矢口は眼を上げた。トラックの助手席に人影が見えた。人影が不意に窓から身を乗り出した。上体がすっぽり窓の外に出た。長い髪が風に逆巻《さかま》いた。サングラスをかけていた。男だった。男の腕が窓の外で鋭くひるがえった。

するどい音がした。矢口の視界が一気に白くぼやけた。フロントガラス一面に亀裂が走っていた。

矢口は咄嗟に半身に体を開いた。足はブレーキを踏みつけていた。

タイヤがきしんだ。ステーションワゴンは半円を描いて横を向いた。車の前後に強い衝撃が来た。矢口は両腕を必死で突っ張った。車は走って来た方向を向いて停まった。ハンドルがふるえた。助手席の窓をトラックの後尾がかすめた。テールランプの光が矢口の眼を射た。

フロントガラスを白い亀裂が覆っていた。白い膜を思わせた。トラックの運転席から何かを叩きつけられて割れたのだ。疑いの余地はなかった。

矢口はうしろを振り向いた。トラックは十メートルほど先に停まっていた。運転台から人がとびおりてきた。三人だった。走ってくる。

矢口は何も考えなかった。シートの下に手を突っ込んだ。工具袋を引っぱり出した。ベルトごと引いた。工具袋がはね上がった。モンキースパナが床に落ちた。つかんだ。足音が迫っていた。

運転席の窓に人の顔が寄ってきた。窓に額《ひたい》をつけてのぞき込んできた。矢口はバックハンドでスパナを振るった。砕けたガラスと血が飛んだ。

矢口はドアのロックをはずした。体をひねって両足でドアを蹴り開けた。

ドアは重い手応えではずんだ。あおられてもどってきた。矢口は助手席から道にころがり出た。江西の姿を探すゆとりはなかった。単車の音はしない。

車の前と後をまわって、二人の男が迫ってきた。一人は額を割られて動けないでいるらしい。

二人の男は口をきかなかった。手に光るものを持っていた。ドスかナイフと見えた。

矢口は胸が恐怖で粟立った。歯を嚙みしめていた。矢口も声を出さなかった。口を開くと気力が抜けそうだった。

矢口は横に突っ込むふりをした。男たちが腰を落した。矢口はワゴンをうしろに背負いたかった。男たちは矢口の意図を見抜いていた。一人がフェンダーにとびついた。そのまま車に添って矢口の前に立った。

矢口は道の中央に追いやられた。右側の男が間合いを詰めた。男たちは息の音すら立てなかった。

矢口の眼の端を黒い影がかすめた。影はワゴンの向う側に消えた。江西だった。単車を停め、ガードレールの外側を身を沈めて回り込んできたらしい。

うめき声がした。額を割られた男のものだった。にぶい物音がつづいた。また声があがった。

不意にワゴンが揺れた。江西がボンネットにとび上がっていた。車に添って立っている男が振り向いた。男は低く叫んでのけぞった。顔面を蹴られていた。

右側の男が一瞬たじろいだ。矢口はスパナを振り上げた。男は突進してきた。刃物が矢口の服の袖を切り裂いた。左の肘《ひじ》の下に痛みが走った。スパナが風を切った。男の首の付根に喰い込んでいた。

男は片膝を突いた。そのまま刃物を横に払った。矢口はかわしきれなかった。太腿《ふともも》を切られていた。痛みはなかった。

スパナが男の顎を払い、こめかみをヒットした。矢口は刃物を叩き落した。男は道路に這《は》った。這いずって動いた。バネをきかして立った。ダッシュした。矢口は追おうとした。江西を見た。江西は相手の男の刃物を奪おうと、腕を捻《ね》じりあげていた。膝は相手の腹を蹴り上げている。

矢口はかけ寄った。江西がワゴンの屋根の端に男の片腕を押しつけた。矢口は必死だった。男の腕にスパナをうちおろした。

したたかな手応えがあった。男はうめいた。肩が丸くなって落ちた。刃物は車の屋根をすべり、ボンネットに落ち、路上にころがった。

江西は男の体を引き起した。車に押しつけた。手袋に覆われた江西の拳《こぶし》が、男の顎の骨をきしませた。

「だいじょうぶですか？」

江西は息をはずませて矢口を見た。ことばと一緒に彼は男の腹に拳を打ち込んでいた。

「だいじょうぶだ」

矢口は落ちた刃物を拾いに行った。物音がした。矢口は眼を上げた。トラックのコンテナーの後の扉が半分開いていた。エンジンの音が空気をふるわせた。トラックはすごい勢いでバックしてきた。

「危ない！」

矢口は江西に叫んだ。叫んでガードレールを跳《と》び越した。江西は跳んだ。ボンネットにへばりついた。その体がはねとばされた。彼は道にころがった。すさまじい悲鳴が上がった。

コンテナーの開いた扉が、ワゴンに激突した。ワゴンは跳ねあがった。

トラックは通りすぎてすぐに停まった。そのままギアを鳴らし、前進をはじめた。またはげしい音がした。ワゴンがゆらいだ。トラックはそのまま走り去った。

「ナンバー見ましたか？」

江西が道に両膝を突いたまま言った。

「ライトを消してたからな」

矢口はガードレールをまたいで道にもどりながら言った。

「くそ！」

江西は立って道の中央に出た。足を停めて叫んだ。ことばになっていなかった。

矢口も道の中央に立った。彼は声が詰まった。口を押えた。

路面に男が倒れていた。首があらぬほうにねじ曲がっていた。耳と鼻と口から血が流れ出ていた。眼は見開かれたまま動かなかった。その眼が最期に見たものは、襲いかかってくるトラックのダブルタイヤだったにちがいない。

「ひでえな。仲間を轢《ひ》き殺して逃げやがった……」

江西の声はふるえていた。矢口は腕と太腿の傷の痛みを、短い間忘れていた。

「あのトラック、築地に停まってたんですよ。その前に矢口さんの車をずっとつけてた乗用車がいたんです。ナンバーもおれ憶えてるよ。その乗用車が築地でトラックの前に停まったの。そしたらトラックが跡をつけはじめたんです」

江西は一気にしゃべった。それで矢口は江西がライトを消して走っていたわけを理解した。

「どうしますか？」

江西が思い出したように言った。

矢口は答えなかった。ワゴンの運転席のほうにまわった。彼は短い声をあげた。そこにたったいままでうずくまっていた男が消えていた。矢口の声で江西が寄ってきた。

江西は物も言わずにガードレールを跳び越えて駈けだした。道の両側は埋め立てたままの空地《あきち》になっていた。トラックがバックしてくる間に、男は逃げだしたにちがいなかった。矢口も江西もトラックに気を取られていたのだ。

矢口も空地に足を踏み入れた。暗がりに眼を配り、耳をすました。男の潜んでいる場所は見当らなかった。

十五分余り探しまわって、矢口と江西はあきらめた。矢口はその間に考えを決めていた。トラックに轢き殺された男がいるのだ。死人は自分の素性を偽《いつわ》れない。

矢口は単純な交通事故として男の死を警察に通報することに決めた。轢死《れきし》させた罪が矢口にかぶせられる心配はなかった。ワゴンを検証してもらえばはっきりする。血痕も肉片も頭髪も付いていてなどいないはずだった。

有紀子の不意の失踪をふくめて、ありのままを警察に明かすにはためらいがあった。背すじの冷えるようなためらいだった。

有紀子を連れ去った者たちの正体は皆目見当がつかない。判っているのは、人の命を奪うことも辞さない相手だということだけである。コンテナートラックの男たちがしたことも、単なる脅《おど》しとは思えない。彼らは矢口の命をも狙っていたのかもしれない。有紀子はそういう者の手の中にあるのだ。そして相手は数時間前の電話で、有紀子の失踪を表沙汰にするな、と脅してきた。

有紀子を人質として、相手はこっちの動きを封じようとしているにちがいない。おれが必死に有紀子の行方を探すだろうことを見越しての策だろう――矢口はそう思ったのだ。

交通事故として警察に通報すれば、トラックに頭をつぶされて死んだ男の身許は割れる。そこから相手の素性を知る手がかりが何かつかめるだろう。矢口はそこに期待をつないだ。さしあたり途《みち》はそれしかなかった。先の見えない、霧に包まれた危険な山道――そういう気がした。

「ズボンとジャンパーを貸してくれ」

逃げた男を探しあぐねてもどってきた江西に、矢口は言った。

「それはいいけど、どうしてです?」

「腕と太腿の傷を隠すんだ。おまえはどこかで警察に電話してくれ。交通事故の通報を頼まれたことにしてな。名前を訊かれたら、いいかげんに答えとくんだ」

江西は短い間、矢口の顔をのぞき込むようにして見ていた。やがて彼は低い声で言った。

「矢口さん、人が変ったみたいですよ。肚《はら》をきめた人間て迫力があるな。おれ、何だってやりますよ」

彼は矢口の考えていることを察したようすだった。

江西は黒い革ジャンパーを脱いだ。ズボンも脱いだ。柄物のシャツも脱いでそれを引き裂いた。裂いたシャツで矢口の左腕と太腿の傷を強く縛った。傷は深いものではなかった。矢口もサハリジャケットとコールテンのズボンを脱いで、江西に渡した。

矢口は、江西のジーパンに足を通し、革ジャンパーをはおった。江西の言うように自分が変ったとは思わなかった。

だが、有紀子と自分を取り巻く世界とそこを流れる時間の質だけは、確実に変った――矢口はそう考えていた。

何がそれを変えたのか。矢口は闇をみつめる思いがするばかりだった。闇に向って矢口は胸の中で有紀子の名を叫んだ。

霧の道

1

電話のベルが鳴っていた。

矢口はそれを夢の中の音のように耳にしていた。

事実、夢を見ていた。夢の中で有紀子が陽光を浴びて笑っていた。ベッドにも有紀子の肌の匂いがこもっていた。それも矢口は夢の中のこととして受け取っていた。

電話は鳴りつづけた。それが矢口を現実の中に連れ出した。彼はベッドの上ではね起きた。有紀子の部屋のベッドだった。

矢口は頭を振った。眠気を払ってベッドをおりた。アトリエの机の横の電話を取った。

「ゆうべは命拾いをしましたね」

ゆったりと落ち着いた声が送られてきた。覚えのある声だった。シュガーコーティングされた毒薬。そのときも矢口はそう思った。

「あれがあんたの言う話し合いだったのか?」

矢口は息を詰めて言った。

「矢口さんには感謝してますよ。けさ、新聞見ましてね。それでお礼を申し上げようと思って電話したんです」

「新聞?」

「有明埠頭近くの轢き逃げ事故、記事に出てました。コンテナートラックは盗難車で、轢き殺された男は身許が判ってないようですねえ」

男の低いふくみ笑いが受話器にこもってひびいた。

「いったい何を企らんでるんだ。いつまでも有紀子の失踪が表沙汰にならないですむとでも思ってるのかい?」

「そうは思っていません。彼女の失踪を表沙汰にするな、などとは矢口さんに言ってはいない。ただ、わたしからの電話をはじめ、一切をあなたが警察に明かすのは困る。それだけです」

「一切といったって……」

「ゆうべのはほんの警告です。いつでもあなたを消せるという意味のデモンストレーションと考えてください」

電話はそこで切れた。

矢口は窓のカーテンを細く開けた。陽は高く上がっていた。アトリエの壁の時計は午前十時四十分をさしていた。

窓の外には白ちゃけてけむったような家並みがひろがっていた。

有紀子の仕事机の上に、ラークの袋と使い捨てのライターがころがっていた。矢口は椅子《いす》に腰をおろした。袋からラークを抜きとって火をつけた。ライターは手の中に握り込んだままにしておいた。そこから矢口は有紀子の手の温《ぬく》もりを感じとりたいと思った。

トラックに頭を轢かれた男の死は、轢き逃げとして処理された。矢口のもくろみどおりだった。

矢口は事故を起した当事者とはじめ疑われた。彼のワゴンはフロントガラスと運転席の窓ガラスが砕けていた。後と前のフェンダーも大きくひしゃげていた。

矢口は説明した。

前を人が歩いていた。トラックが無理な追い越しをかけてきた。追い越させた瞬間に、何かが飛んできてフロントガラスが砕けた。視界をふさがれて急ブレーキを踏んだ。車はスピンした。ガードレールに激突し、向きが逆になって停まった。降りたら人が倒れていた――。

事実と大きくかけはなれた説明ではなかった。トラックのダブルタイヤの間に石がはさまっていた。それがはずれて飛び、矢口の車のフロントガラスを砕いた――警官はそう推論した。例のないケースではない。そうも警官は言い添えた。

矢口は陽光のさす窓ぎわの机から離れた。江西と替えて着て帰ったジーパンをはいた。一階に降りて新聞を取ってこようと思った。

メールボックスから抜き取った新聞を、矢口はエレベーターの中でひろげた。

轢き逃げの記事が出ていた。電話で男が言ったとおりだった。死んだ男の身許は判っていなかった。コンテナートラックは有明埠頭の先に乗り捨てられていた。東村山市《ひがしむらやま》の共和《きようわ》運輸という運送会社のトラックで、前日の朝に盗難届が出されていたものだった。

有紀子の部屋にもどって、矢口は新聞を放り出した。豆からひいてコーヒーを入れた。その間に、ペレのことを思い出した。

矢口はペレの泊っているホテルに電話をした。ペレは部屋にいた。

「アミには会えたかね？」

ペレは明るい声を返してきた。

「トラブルがあったらしい。あれっきり有紀子はアトリエにももどらないし、電話もないんだ」

矢口はそう答えた。ペレにもありのままの事態を告げるのはためらわれた。

「どういうことなんだ、それは？」

ペレの声はいっぺんにくもった。

「ぼくにもさっぱりわけがわからないんだ、ペレ……」

「ムッシュー・ヤグチにもわからないのか。ただごとじゃないな、それは……」

「きのう、九人祭の会場から有紀子が出ていくときのいきさつをあなたは知らないか？」

「ぼくはその場にはいなかったんだ。電話がかかってきて出て行った、という話を後で聞いたがね」

「その電話は誰が最初に受けたんだろう？」

「控室の電話だったらしいけど、誰がはじめに受けたかは、ぼくは知らないんだよ」

「じゃあ、他で訊いてみる」

「心配だね。ぼくは三日後にパリに帰る。それまではずっとこのホテルだ。何か判ったら知らせてくれ」

「そうするよ。パリに帰るまで会えなかったら、元気でね。有紀子のことは手紙で知らせるよ」

矢口は電話を切った。すぐにベルが鳴った。矢口は息を詰めた。受話器を耳にあてた。表情がわずかにゆるんだ。相手は江西だった。

「うまくいったんですね、ゆうべは……」

江西は声をひそめていた。彼も朝刊の轢き逃げの記事を読んだらしい。

「いまどこから電話してるんだ？」

「大森です」

矢口の仕事場兼住まいのことだった。

「いま来たところなんです。矢口さんが帰ったようすがないんで、そっちだろうと思って……」

「当分おれはここに寝泊りする。有紀子がもどるまではな。おまえ、そっちに泊り込んでくれ。新しい仕事はうまく断わってくれ。おれが病気だとでも言ってな」

「わかりました。その後、相手からは何も言ってきませんか？」

「さっき電話があった。ゆうべのことを交通事故のせいにしたので礼を言ってきやがった」

「ふざけやがって……。何かやることはないですか？」

「そうだなあ……」

矢口は思案した。考えていることがないではなかった。

「おまえの親しい仲間で遊んでる奴はいないか？　口の固い男がいい」

「いますよ。彫刻家志望なんだけど、遊んでるようなもんです」

「信用できる人間か？」

「ぼくは信用してます」

「探偵のまねごとができそうな男か？」

「なにをやるんです？」

「東村山市の共和運輸って会社のことを調べてほしいんだ」

「ああ、ゆうべのトラックを盗まれた先ですね」

「まさかとは思うが、ちょっと妙な気もするんだ」

「何がですか？」

「盗まれたのが判ったのはきのうの朝だっていうんだろう。盗難届が朝出されたというんだからな。あのでかいトラック盗んで、奴らはきのうの夜までどこに隠してたんだろうね？」

「盗まれたってのが嘘かもしれないってわけですか？」

「わからないけどね」

「原田《はらだ》って奴なんです、その彫刻家のタマゴ。頼んでみますよ」

「無理しなくてもいいぞ。頼むんだったら有紀子のことはもらすなよ。おれもゆうべの交通事故の被害者ってことに一応なってるんだから、そっちの線で共和運輸のことをおれが知りたがってる、というふうに話したほうがいい」

「そうします」

受話器をもどして、矢口はダイニングキッチンにもどった。コーヒーははいっていた。モーニングカップに注いだ。香りがひろがった。

矢口は椅子に坐った。モーニングカップを両手で掲げるようにした。同じ色柄のカップが、大森の矢口のマンションの食器棚にも二つある。有紀子が大森に泊った朝は、二人はそれで朝のコーヒーを飲む。

二人がはじめて朝のコーヒーを飲んだときの情景が、不意に矢口の脳裡《のうり》に浮かんだ。

パリのクリニヤンクールの有紀子のアパルトマンの部屋でだった。その朝が、二人で一緒に迎える初めての朝だった。飲んだのはインスタントのコーヒーだった。モーニングカップは有紀子のものしかなかった。有紀子はそれを矢口に使わせた。自分はごはん茶碗を使った。部屋はあいかわらず寒かった。窓は暗かった。空は鉛色をしていた。矢口はズボンと下着の上にコートをはおってコーヒーをすすった。有紀子はネグリジェの上にバルキーのセーターを着ていた。二人とも珍妙な恰好というべきだった。

くすんだ寒い部屋で、有紀子の瞳だけが温かく明るんでいた。矢口は仕事でそのとき撮っていた女優よりも、その朝のコーヒーをすすっている有紀子のほうがフォトジェニックだと思った。

そのときに撮ったスナップは、いまも大森の矢口の部屋に飾ってある。白く冴えた頬。流れるような長い髪。顔にかかってゆらめくコーヒーの湯気。背景のいくらか散らかった部屋のたたずまい——それらを矢口はモノクロームで写したのだった。

有紀子の実家の話を聞いたのもそのときだった。秋田県の稲川町《いなかわ》というところだった。稲川町に川連《かわつら》という集落がある。古くからの仏壇や漆器《しっき》の産地だという。

有紀子の実家も代々漆器の仕事をしてきた。祖父は川連塗の名手と言われた塗師だった。有紀子はいわば赤ん坊のときから漆の匂いの中で育ったわけだった。中学に入るころには、祖父の仕事を手伝って手ほどきを受けた。高校を卒《お》えると、蒔絵を自分の生涯の仕事にしようと考えて、祖父のすすめる川連の漆芸家に師事した。日展の会員だった。三年間、蒔絵の修業に打ち込んだ。

それがどうしてアニメーションの世界に志を移したのか。その朝、矢口の問に有紀子は答えなかった。笑ってはぐらかした。その答を矢口が聞いたのは、半年後に有紀子がパリから引き揚げてきてしばらく後だった。

さらにしばらく経ってから、有紀子が父の顔を知らずに育った女であることも矢口は知った。そのときすでに、有紀子は『冥父』というアニメーションの制作にかかっていたのだ。『冥父』の少女の父同様に、有紀子の父も人の手にかかって殺されていたのだった。

その話は矢口をおどろかした。初めての出会いのときから、有紀子にはそうした生い立ちの翳《かげ》は少しも感じられなかったからだ。

二人が初めて顔を合わせたのは、リュクサンブール公園の前のサラザールという名のカフェだった。

もっと正確に言えば、サラザールのトイレットルームで、ということになる。

トイレットは地下にあった。男女の区別のないトイレットだった。昼間だったが、トイレットのドアを閉めると中は暗かった。用が足せぬほどだった。

矢口はまごついた。パリに来て二日目だった。彼はトイレットを出たり入ったりして電気のスイッチを探した。見つからなかった。隣のトイレのドアが開いた。出てきたのが有紀子だった。有紀子は矢口の困惑の原因をすぐに察したらしい。矢口が日本人だということもすぐに判ったのだろう。

『電気でしょう?』

有紀子は人なつっこく笑って言った。

『そうなんです』

『ドアを中からぴったりしめてロックするとつくんですよ。あたしもはじめはまごつきました。フランス人てケチなんです。無駄な電気を使いたがらないんです』

有紀子はそう言った。矢口は中に入り、ドアを閉めた。ロックをするとなるほど明りがついた。考えてみれば、来るときの飛行機のトイレが同じ方式だった。

矢口はすぐにドアを開けた。有紀子はトイレットルームから出て行きかけていた。その背に矢口は礼のことばを投げた。ふり返った有紀子は笑いをこらえた顔になった。

用を足して席にもどると、有紀子の席が近いことが判った。有紀子に連れはなかった。矢口にもたまたま連れはいなかった。女優とロケ隊がやがてリュクサンブール公園に現われる手筈になっていた。矢口はそれを待って自分の仕事にかかることにしていた。

矢口は有紀子と同じ席に移った。有紀子はいやな顔をしなかった。矢口の吸っているハイライトの袋を見て、懐しいと彼女は言った。すすめるとうまそうに吸った。日本を離れて一年と五ヵ月になる、ともらした。

『学生さん？』

矢口は訊いた。

『うれしいわ。そんなに若く見えますか？』

有紀子は笑った口もとに合掌の形にした手をあてた。蚤の市で有名な場所に住んでいると聞いて、矢口は案内を頼んだ。それがつぎの日の午後だった。

地下鉄の階段を上がって地上に出ると、もうそこに市が並んでいた。古いボタンなどまで並べたガラクタ屋。洋服屋。アフリカ人のやっている仏像屋。おもちゃ屋——蜒々《えんえん》と市はつづいていた。

矢口はそこでも写真を撮った。半ばは仕事に使うつもりもあった。有紀子はそれで矢口の職業を知った。有紀子のスナップも撮った。ガラクタ屋でススだらけの古い籠と、やはり古ぼけた小型のランプを買った。籠はスタジオ撮影での小道具に使えそうだった。ランプは案内の礼に有紀子に贈った。

『トイレの電気のお礼にはぴったりでしょう……』

矢口の軽口に有紀子は快活に笑った。その表情に矢口は惹《ひ》かれた。もう一度会いたいと思った。が、口には出さなかった。

つぎの朝、ホテルに有紀子のほうから電話がきた。ランプのお礼に夕食をごちそうしたい

——有紀子はそう言った。言って矢口の返事を聞く前に彼女はつづけた。

『ほんとはあたし、久しぶりに日本料理を喰べたいと思ってたところなんです。お相手をお願いしたくて……』

シャンゼリゼ通りを少し入った日本料理の店で、二人はすき焼きを喰べ、日本酒を飲んだ。有紀子がアニメーターとしての修業のためにパリにやってきていることを、矢口はその席で知った。ジャン・ポール・ペレという名を聞いたのもそのときが初めてだった。有紀子はペレのアニメーションを日本で見て、この人に師事したいと決めたのだ、と語った。

そのつぎの夜、二人はセーヌ河畔の店じまいしたキヨスクの屋台の並ぶ道で初めてのキスを交した。矢口が有紀子のモーニングカップで朝のコーヒーを飲んだのが、そのつぎの日の朝というわけだった。

そしていま、矢口はやはり三鷹の有紀子の住まいのダイニングルームで朝のコーヒーを飲んでいる。

彼が両手で宙に掲げているモーニングカップは、有紀子のものとも矢口のものとも区別はつかない。揃《そろ》いのものが二つあるからだ。カップの中のコーヒーはぬるくなっていた。

矢口は回想をふりきった。それにひたるには、いまは切なすぎた。有紀子の居所さえ知れない事態の中にいるのだ。

矢口はコーヒーカップをテーブルに置いた。左の腕と腿の傷を調べた。前の晩に救急箱にあるもので手当てをし、包帯を巻いたままだった。

傷は長かったが深くはなかった。血はとまっていた。痛みも軽かった。ガーゼを替えて包帯を巻いた。

腹が減っていた。が、食欲はなかった。冷蔵庫を開けた。ベーコンとタマゴがあった。ミルクも一杯分ほど残っていた。ベーコン・エッグを作った。ミルクをコップに注いだ。注ぎながら矢口は、乳業会社の宣伝部に電話をすることを思いついた。それをそれまで思いつかずにいたことに、矢口は肚を立てた。

(落ち着くんだ!)

矢口は自分をどなりつけた。

2

クローバ乳業株式会社　宣伝課課長代理　松井《まつい》明《あきら》——。

出された名刺にはそうあった。

松井が有紀子のアトリエにやってきたのは午後一時前だった。矢口からの電話を受けて駈けつけてきたようすだった。

矢口は電話で、有紀子の代理の者と名乗った。その後で有紀子の仕事のことで重大な話があるとだけ言って、足を運んでくれるように頼んだ。詳しくは会ってから話す、と押し通した。

そのためか、松井は連れを一人伴ってきた。広告代理店の人間だった。

新日《しんにち》広告社　営業四課課長　広池秀一《ひろいけしゅういち》——そういう名刺を男は出した。

クローバ乳業のコマーシャル用のアニメーションの仕事は、新日広告を通じて有紀子のところに持ちこまれたものだった。

玄関で顔を合わせたときから、松井と広池は不安と緊張の面持ちを見せていた。アトリエに足を踏み入れて、すぐに眉を寄せたのは広池のほうだった。それで矢口は、広池が何度か有紀子を訪ねていることを知った。アトリエは荒らされたままにしてあった。

矢口はソファに掛けて二人と向き合った。

「名刺を自宅に置いたままなので失礼します。わたくしはカメラをやっております矢口克巳という者です。下條有紀子とは実質的に夫婦の間柄とお考えください」

矢口はそういうふうに名乗った。いくらか切口上になっていた。

「お名前はうかがっております。カメラ雑誌や週刊誌で作品も拝見しました。下條さんとのご関係は存じませんでしたが……」

広池が言った。仕事柄、彼はカメラマンの世界にもよく通じているようすだった。松井は固い表情でうなずいただけだった。

「で、下條さんのお仕事のことで何か？」

広池が促した。

「突発的な事態が起きまして、それでご足労いただいたんですが……」

矢口は前の夜、有紀子が不意に消息を絶ったいきさつと、クローバ乳業のコマーシャルフィルムの原画が、何者かに切り裂かれていることだけを手短かに話した。正体不明の人物からの電話。電話で聞いた有紀子の短い叫び。有明埠頭近くでの出来事——それらはすべて伏せた。

話を聞きながら、松井と広池は短いおどろきの声をあげた。二人の表情に困惑の色が深まった。

矢口は重い段ボール箱を二人の前に運んで、切り裂かれたコマーシャルフィルムの原画の束を見せた。二人は叫び声をあげ、嘆息をもらした。広池は泣きださんばかりの顔になった。

「下條がお受けした仕事のスケジュールがどういうものか、わたくしは聞いておりませんが、とにかく事情だけを早くお伝えしとくべきだろう、と考えまして……」

「いやあ、参った……」

「これはうちの新製品の乳酸飲料の宣伝用にお願いしたアニメだったんです。新製品の発売日まであと一ヵ月しかないんです。弱りました」

二人は思案に暮れる、といったようすだった。しばらくして、松井が思いだした、といわんばかりに訊いた。

「下條さんには何か失踪するような事情があったんですか?」

直截《ちょくせつ》なたずねようだった。言い終えて、さすがに松井はかすかに臆した眼になった。

「それが、まったく心当りがないんです、わたくしにも」

「実はぼく、四日前にもここをお訪ねしたんです。仕事のはかどりぐあいを見に……」

広池が言った。

「そのときもふだんと全然変ったようすはなかったですけどねえ」

「わたくしもいろいろゆうべから考えたんですが、消息の絶たれ方があまりにも唐突ですからね、ただごととは思えないんです」

「まったく唐突ですねえ」

「アニメーション九人祭の会場から姿を消すなんてねえ」

「松井さんにおいで願ったのは、ご相談と、ちょっと伺ってみたいこともありましてね」

「はあ……」

「ご相談というのは、妙だとお思いになるでしょうが、松井さんなり広池さんなりのほうから、下條の消息不明をおおやけにしていただけないか、と思いまして……」

「それはかまいませんが……」

「本来ならばわたくしが、警察に届けるなり何なりすべきでしょうが、内縁関係でしかも同居しているわけでもありませんので、わたくしが表に出ますと、下條との間を世間にスキャンダラスに受けとられかねません。ここはひとつ、さし迫った仕事のお約束のあるあなた方のほうでなんとか音頭をとって、下條の消息不明を表沙汰にしていただけないかと考えているんですが……」

松井も広池もすぐには返事をしなかった。二人はなんとなく矢口から眼をそらすようにした。たしかに矢口の申し出はうさんくさくとられかねないものだった。が、矢口にはそれしか方法がなかった。仕事の催促に来た松井か広池が、コマーシャルフィルムの原画の損傷や有紀子の失踪に気づいて騒ぎはじめたとなれば、敵も矢口に文句はつけられないはずだった。

「表沙汰になれば、下條さんはアニメで国際的な賞も取ってる人ですし、事は新聞に出たりはするでしょうしね」

しばらくして広池が言った。

「できれば新聞に出るという形で事をおおやけにしたいんです、わたくしは……」

矢口は押した。

「そうすれば、あるいは情報も寄せられて、消息をつかむ手がかりが得られるかもしれませんしね」

「しかし、失踪とか消息不明とかと言っても、まだ昨日の今日ですからねえ。しかも相手は女性だが、一人前のおとなですからねえ。あんまり早まって騒ぎ立てて、かえって下条さんにご迷惑がかかっても……」

松井はさっきの狼狽《ろうばい》ぶりとは逆に、慎重なことを言った。関わりになりたくない、といったようすが見えた。

「むろん、おっしゃる通りです。ただ、わたくしは至急に下条を探し出さないと、仕事のほうであなた方にご迷惑がかかるといけないと思って申し上げただけです」

「もともと今度のクローバ乳業さんのコマーシャルに下条さんを起用する案を出したのはぼくのほうですから、うちでなんとか事を明るみに出すことをしてみましょう」

広池は決心したように言った。

「仕事のほうは、すでに一日の余裕もない、といったわけでもありませんしね。撮影とかダビングとかの作業の段階で時間をとりもどすこともできるでしょうし……」

広池は広告代理店の人間として、クライアント側の松井を面倒に巻き込むことを避けようと考えたようすだった。

「そうだねえ」

松井がかすかな安堵をみせてうなずいた。

「下条さんだって、大切な仕事を放り出すおつもりはないはずですし、消息不明といっても、まだいくらも時間は経ってませんからねえ。最悪の事態を予想しつつ、矢口さんと広池君のほうで手を尽くしてもらうしかなさそうですね」

松井は言った。老獪《ろうかい》な態度だった。有紀子の失踪はクローバ乳業にとってはいわば個人のひき起したトラブルである。介入は避けて、最悪の場合は広池にコマーシャルの仕事の代案を用意させる――それが松井の考えとみえた。無理もない、と矢口は思った。

「もう一両日待ってみて、それでも下條さんの居所がつかめなかったら、ぼくのほうで警察に相談するなり、新聞関係に流すなりしましょう」

広池はきっぱりした口ぶりで言った。矢口は黙って頭をさげた。

「下條さんにはお身内の方はいらっしゃらないんですか？」

松井が思いだしたように訊いた。広池も矢口を見やった。

「まったくの天涯孤独ってわけじゃありませんが、両親はすでに亡くなっています。兄弟ははじめからなかったんです。父親は彼女が物心つかないうちに死んでいますので、一人っ子で終ったわけです。秋田に両親の兄弟や従兄《いとこ》たちが何人かいますが、わけがあって疎遠になってるんです」

松井と広池はうなずいた。矢口の胸の底に疼《うず》きが生れた。心が回想に引き込まれていきそうになった。有紀子が蒔絵と漆芸を断念して、故郷の川連を棄てたいきさつをはじめて語った夜――そのときの情景が矢口の脳裡にもどってきた。矢口と知り合ってはじめて有紀子はそのとき涙を見せた。とめどのない涙だった。

「しかし、下條さんが居なくなる理由には、まったくお心当りはないんですか?」

広池が訊いた。それが矢口の気持を現在《いま》に引きもどした。

「そのことなんです」

矢口はことばを切って、横の切り裂かれたセル板の絵の入った段ボールに眼をやった。

「アトリエはごらんの通り荒らされています。精《くわ》しく調べないと判りませんが、何か盗まれている物もあるかもしれません。しかし、切り裂かれているのはクローバ乳業のコマーシャルフィルムの原画だけです。他の下條のフィルムやビデオテープは無事のようです」

「すると矢口さんは、うちのコマーシャルの仕事と、下條さんの失踪と、何か関わりがある、とお考えなんですか?」

松井はまた眉をくもらせた。広池は首をかしげたままで眼を伏せていた。

「そういうふうにも考えられる、というわたくしのひとつの推論にすぎませんが……」

「しかしねえ、うちの会社はたしかに業界でははげしいシェア争いをやってはいますが、人のアトリエに押入って、コマーシャルフィルムの原画を使い物にならなくするなんて、荒っぽいことをするような業界じゃない」

「誤解なさらないでください、松井さん。ちがうんです。わたくしが申し上げたのはそういうことじゃないんです。クローバ乳業に対する敵意が事の原因だとしたら、原画が切り裂かれるのはともかくとしても、何も下條までが居所の知れなくなるようなことまで相手はするはずがない。その必要はないですからね」

松井はうなずいた。広池が伏せていた顔を上げた。

「すると、下條さんがクローバ乳業さんの仕事を引受けたことについて、敵意を抱いている人間がいるかもしれない——そういうことですか、矢口さん？」

広池はゆっくりとした口調になっていた。考えながらことばを吐く、といったようすだった。

「あくまでも状況から見ての推論ですがね」

矢口は言った。

「もし、わたくしの推論が当っていれば、クローバ乳業のコマーシャルフィルムの原画だけを傷ものにして、しかもその上に下條を行方不明にする、といういきさつの説明がつくわけですよ」

「しかし、下條さんが自分の意志で消息を絶つ、という可能性は？」

「それはないと思いますよ、松井さん」

「しかし、原画をだめにされたショックと責任感から、一時、姿を消すという……」

「ショックはあるかもしれませんが、責任感で姿を消すというのはどうですかね。それは無責任というものでしょう。下條は仕事に関しては強い意思を持ってる女だとわたくしは思っています」

「では、下條さんの失踪はご自分の意志ではなくて、誰かにそのう、拉致《らち》されたというわけですか?」

「その可能性が大いにあります。うぬぼれで言うわけじゃありませんが、自分の意志で姿を消したのなら、わたくしに何の連絡もよこさないはずはないんです」

「それはそうでしょうなあ」

松井のことばつきに皮肉はなかった。彼は矢口の推論をもっともだと理解したようすだった。理解してあらたに彼は事態の思わぬ面での深刻さに気づいたのだろう。口をつぐんだ。

矢口は事の一面を伏せて、事態の深刻さを伝えることのもどかしさに耐えねばならなかった。

「広池さん、下條が今度のクローバ乳業の仕事を受けるまでの間に、何か彼女が人の怨みをかうようなことはありませんでしたか?」

矢口は訊いた。

「怨みをねえ……」

広池の顔に困惑がひろがった。

「たとえば、競争相手がいたとか……」

「それは何人かありました。企画の段階でいくつかサンプルの絵を集めましたからね。その中で、うちで下選びをして、残ったものを松井さんのほうで選んでもらいましたから」

「つまりオーディションのようなものですか?」

「早く言えば、そんなようなことです」

「最後に二つの企画と絵が残ったんです」

「ほう……」

「うちが下條さんに決めたのは、絵の女性らしいソフトな味と、もう一つはアニメーターとしてのあの人のキャリアと言いますか、肩書きですね。内外の賞をつづけざまに取っておいでですからね」

松井がそう口をはさんだ。

「最後まで残って落とされたというのは？」

「サンシー・アドという広告プロダクションの出したものなんです。ぼくの所で出す仕事をいくつかこれまでにもやっているプロダクションです」

「下請けというわけですか？」

「そんな形です」

「大きな会社ですか？」

「プロダクションですからね。制作中心ですから、さほど大きくはありません」

「サンシー・アドの出した企画もアニメーションだったんですか？」

「そうです。アニメーションで行くというのは、基本的にきまってたんです。今度のクローバ乳業さんの新製品が子供向けの乳酸飲料でしたから……」

「サンシー・アドが起用したアニメーターはどういう人だったんですか？」

「まあ、無名の新人と言っていいでしょうね。腕もセンスもいいものを持っている男なんです。大学時代から趣味で仲間たちとアニメーションを作ってて、趣味を本業にしようと決めたらしいんです」

「なんという人ですか？」

「境田邦広《さかいだくにひろ》っていうんです。でも、まさかねえ……」

広池は小さく首を横に振った。

「ぼくも二度ばかりしか会っていないんですが、さっぱりした印象の男ですよ。いくら自分の絵が下條さんに蹴落とされたからといって、彼が無茶なことをするとは思えませんがねえ」

矢口は口をつぐんでいた。

「それに、境田君というのは、サンシー・アドの出資者の一人という人の息子さんと大学が同期で、親しくしてたらしいんです。その縁故もあって、美術関係の大学出身でもないのに、サンシー・アドに入社できた、なんて話も、ぼくは耳にしてるんですよ。もし境田君が無茶をやれば、会社に迷惑はかかるし、就職の口をきいてくれた友人やその親の顔にドロを塗ることになるわけですからねえ」

「それはたしかにそうですね」

矢口は言った。確固とした根拠もないのに人を疑うことは、やはり控えるべきだろう――

そういうようすを示しておいた。矢口はすっかり疑いを捨てたわけではなかった。

ただ、一人の若いアニメーターが仕事を奪われたくらいで……という考えもあった。相手はコマーシャルフィルムの原画を切り裂き、有紀子をどこかに連れ去っただけではない。トラックを盗み、それで矢口を襲った。襲撃者は三人いた。一人は仲間の運転する車に轢き殺されてもいる。

正体不明の電話をかけてよこした男の声は、年齢は推し測りにくい。だが、落ち着いた口のきき方から考えて、若僧という感じではない。

しかも電話の相手は、解らないことを言ったのだ。

『仕掛けたのはそっちじゃないですか』と――。

こっちが誰に何を『仕掛けた』というのだ？

矢口は頭を抱えるばかりだった。

3

松井と広池が帰っていった後で、矢口は有紀子の仕事机の上や抽出《ひきだ》しの中をかきまわした。

ノッちゃんの連絡先を知るためだった。ノッちゃんは有紀子のアシスタントを常に勤めているわけではなかった。有紀子の自主作品のときだけ、彼女はスタッフに加わり、作品のクレジットに名を連ねる。それは矢口も知っていた。

住所録は机の足もとにあった。そこに放り出してあった百科事典のカバーケースの中に落ち込んでいた。

当然のことながら、ノッちゃんという名前は住所録には見当らなかった。正式の名前で記されているのだろう。矢口はしかし、ノッちゃんの正式の名前を知らない。

そうした小さなことも、矢口のいらだちと困惑を深める因《もと》となった。矢口は吐息をついた。

結局、彼は『冥父』の上映会用に作られたパンフレットを探すことにした。それに制作スタッフの名があったことを思いだしたのだ。

パンフレットはすぐに見つかった。そういうものだけがファイルに集めて綴《と》じてあったのだ。

野津早苗《のづさなえ》——それがノッちゃんらしいと見当がついた。作画のところに名前を連ねていた。野津ちゃんがノッちゃんになったものらしい。

住所録にも野津早苗の名はあった。〈蟻《あり》工房〉とあって電話番号だけが書いてあった。その横にもう一つ電話番号があった。それにはどこの電話か書いてない。住まいのものかもしれなかった。

矢口は蟻工房の電話番号をまわした。野津早苗は呼ばれて電話に出てきた。覚えのあるノッちゃんの声だった。

「矢口です」

「ああ……、下條さん、お帰りになったんですね」

矢口が名乗るとすぐにノッちゃんは言った。和《なご》んだような声だった。

「それがまだなんです。連絡もありません」

「ぜんぜんですか？」

「あれっきりです。それであなたに訊けばわかると思ったんですが、きのう有紀子さんにかかった最初の電話を当人に取り次いだのは誰だか知りませんか？」

「あたし、その場にいなかったものですから。でも、たぶん控室にいた人だと思うんですけど。あるいは下條さんが直接電話を取ったのかもしれませんし……」

「そうですか。では、きのうの出品者であなたが連絡先を知ってる方がいたら教えてほしいんだけど……」

「うちのボスもきのうの出品者の一人なんです。直井清作《なおいせいさく》というんです。呼びましょうか？」

「お願いします。そこはアニメーションの工房ですか？」

「テレビのアニメドラマの下請けをやってるんです。ちょっと待ってくださいね」

受話器を置く気配がした。しばらくして男の声が出た。甲高《かんだか》い早口の男だった。

「直井です。下條さん、あれっきり帰ってないんですって？」

「矢口と言います」

矢口は有紀子との関係を説明することを省いた。直井もそれを訊かなかった。あらましをノッちゃんに聞いたのだろう。

「あの電話ねえ、ちょうど下條さんがすぐ近くにいて、自分で取ったんですよ」

直井はそう言った。

「出ていくときはどんなようすでした？　何か言ってませんでしたか？」

「なんでも懐しい人が下の喫茶店まできてるから、ちょっと会ってくるとか、そんなことをたしか言ってましたがねえ」

「懐しい人？」

「そう言ったと思います。それが会がはじまってももどってこないんで、妙だとは思ってたんですがねえ」

「で、第二部のはじまる前に、代理という人間から、どうしてももどれない、という電話があったわけですね」

「そうです。いったいどうしたんでしょうね？」

直井は言い、ノッちゃんと電話を替わった。ノッちゃんに礼を述べて、矢口は電話を切った。

何ひとつ新しいことは判らなかった。有紀子の言ったという『懐しい人』というのにも、矢口は思い当る者がいなかった。有紀子は顔見知りの者に呼び出されて、そのまま姿を消した、としか思えなかった。夜とはいえ、原宿の貸ホールのあるビルである。一階には道に面した大きな喫茶店もある。腕ずくで有紀子を連れ去ったとは思えない。

有紀子にとって、滅多に会うことのない懐しい人と言えば、郷里の川連時代の友人、知人か、もしくはパリ時代ということになる。

秋田の川連には、有紀子は辛くかなしい思い出しかないはずだった。

パリには有紀子は二年余り暮したことになる。そこには懐しい人物も思い出もすくなくはないだろう。

矢口はペレの泊っているホテルに電話をした。その日、二度目の電話だった。ペレはしかし、部屋にはいなかった。矢口は帰ったら電話をくれるように、フロントにメッセージを頼んで受話器をもどした。

ソファにもどって腰をおろした。そのままどこまでも体が沈み込んでいきそうだった。

アトリエには初秋の午後の光がさし込んでいた。明るかった。矢口はソファに体を埋《うず》めて眼を閉じた。

アトリエで仕事をする有紀子。ソファでレコードを聴いている有紀子。キッチンで食事の支度をしている有紀子。矢口のシャツだけを素肌にまとっている有紀子――。

それらが閉じた瞼《まぶた》の中を赤い影のようによぎった。

矢口のシャツだけを素肌にまとった有紀子を写真に撮ったこともあった。ヌードも撮った。

それも午後の光の満ちた有紀子のアトリエでだった。

その写真をパネルにしたものが二点、とってある。一点は矢口の大森のマンションの寝室にある。一点は有紀子の寝室の洋服ダンスの中にあるはずだった。

矢口は立って寝室に行った。洋服ダンスを開けた。パネルは中の棚の上にあった。

有紀子はアトリエのソファの上に足をくずして坐ったポーズで写っていた。片腕は肩のあたりの髪をかきあげている。片腕はソファの背もたれの上に置いて伸ばしている。いくらか照れた表情でレンズに眼を向けていた。

自然な美しい写真だった。矢口が贔屓目《ひいきめ》なしのプロの眼で見てもそう思える。細い頸《くび》となだらかな肩。形のととのった乳房。くびれた腰。贅肉《ぜいにく》のない太腿《ふともも》。その中心にわずかにのぞく黒いもの——。

写真には、単にシンプルな美しさだけでなく、何かが息づくような味わいがあった。それは写した矢口と写された有紀子とにしか、おそらく感じとれないものだ。

撮影したのは二人とも仕事のない日だった。去年の初夏の午後である。矢口は前の夜から泊っていた。起きたのは昼近い時刻だった。有紀子はそのときも起きると矢口の半袖のシャツを素肌にまとって、朝昼兼用の食事をこしらえた。

食事の後で、二人は抱き合った。明るい陽ざしの中での抱擁は、二人にとってはじめてだった。

色の白い有紀子の肌は金色の陽光に染められた。乳房は光に溶けたように輝き、乳暈と乳首はことさらに明るい色づきを増した。矢口の口から放された乳首は、するどくとがって濡れ光り、小さく陽光をはね返した。

矢口は有紀子の全身に口づけをした。文字どおり隈《くま》なくだった。

明るさが、陽光が、どんなに濃厚な愛撫をもすこやかなものに見せてくれていた。アトリエの床に伏せた有紀子は、背中に矢口の口づけを受けて体をふるわせた。彼女は手をうしろに回して、矢口を包みこんでいた。

矢口の唇が、ひきしまった臀部に届くと、有紀子はふるえる声で彼の名を呼んだ。二人はやさしい獣のようになっていた。

有紀子のはざまを陽光が染めていた。ヘアがひっそりとした光沢を放っていた。その下の地肌は青味を沈めた貝殻の内側を思わせた。ヘアにうっすらと覆われたはざまは、淡い翳《かげ》をつけて一直線にのびていた。

矢口はそこに頬ずりをした。はざまはほころび、熱いものが矢口の頬を濡らした。有紀子は深い息を吐いた。息はふるえていた。ふるえる息で矢口の名を呼んだ。

『抱いて……』

有紀子はそう言った。矢口の両の手を取って引き寄せた。矢口は体を重ねた。

『そのままにしといて……』

有紀子は眼を閉じたまま言った。口もとにはどこかいたずらっぽいほほえみがあった。

『このままって？』

『だからこのまま……』

矢口はようやく有紀子の言おうとしていることを察した。体は重なっていた。だが、まだ二人の体は一つにはなっていなかった。

矢口は押しあてたまま、有紀子に唇を重ねた。有紀子は小さく腰を動かした。身じろぎにすぎないほどの動きを彼女はつづけた。矢口も同じことをした。

二人は同じことを考えていた。願いはかなえられた。矢口はすこしずつ自分が温かくなめらかなものに押し包まれていくのを感じた。

はっきりと矢口を捉えたとき、有紀子は声をもらした。腰が大きく反った。矢口は深く導かれていた。

『ひとりでにっていうふうにして、こうなるのが好きなの。そうしたかったの。いままでもずっと……』

有紀子は眼をうすく開けてささやいた。矢口はそのとき、ちょっと胸の詰まる思いにさせられた。前の夜、はじめて聞いた有紀子の話を思い出したからだった。

『このまま、動かずにいてみようか？』

矢口は有紀子の髪を両手ですくって言った。髪はアトリエの床に散っていた。有紀子は眼を閉じてうなずいた。動かずにいようという矢口の提案にも理由があった。前の夜の有紀子の話が絡んでいたのだ。

『愛してるよ。もっと早く出会いたかった』

矢口は言った。心からそう思った。有紀子は答えなかった。何回も大きくうなずいただけだった。ゆっくりと涙が閉じられた瞼を割ってあふれてきた。前の夜のつづきの涙にちがいなかった。

前の夜、有紀子は漆芸の途《みち》を棄てて故郷を出たいきさつを矢口に語った。それも抱擁の後だった。


話のきっかけは『冥父』だった。有紀子の胸にその構想がすでにまとまっていたのだ。有紀子はそれについてあふれるような勢いで話した。有紀子は、『冥父』の主人公の少女に、父の顔を知らずに育った彼女自身の思いを托していた。そうは言わなかったが、矢口にはそれがよく判った。

『冥父』の構想を語った余勢のようにして、有紀子は蒔絵師への志を棄てて郷里を出たいきさつを語りはじめた。矢口が話を誘ったのではなかった。告白といった調子で不意に有紀子が自分から話しはじめたのだ。

口ぶりは重く、苦渋に満ちていた。

聞いた話は矢口の胸を痛みをもって塞いだ。

有紀子は二十一歳の夏、女になった。無理に女にさせられたのだった。

相手は彼女の蒔絵の師匠だった。有紀子は内弟子という形でそこに住み込んでいたのだ。

仕事場の隣の部屋で、彼女は寝起きをしていた。その棟だけが離れになっていた。

夜、人の気配で有紀子は眼を覚ました。師匠が横に膝を折って坐っていた。あやしい気配はなかった。有紀子はおどろいて起きた。

とたんに相手は獣になった。肌をさらされた。有紀子は声を立てられなかった。喉が詰まったようになっていた。

自分の身に何が起きたのか、むろん判っていた。体を押し開かれたとき、さすがに声が出た。すぐに口をふさがれた。

相手は荒い息を吐くばかりで、終始、無言だった。終ると体を離し、立って身仕舞をした。有紀子は立つこともできずにいた。相手はそのまま出ていった。

長い時間のように思えた。有紀子は汚れたシーツを剝《は》いだ。破られた下着を手に取った。それらを抱えて裏庭に出た。古井戸が木立《こだ》ちの隅にあった。音を立てずに水を汲んだ。シーツの汚れを清めた。下着は考えた末に焼くことにした。仕事部屋にもどってマッチを探した。マッチは師匠の使っている座蒲団の横にあった。吸いかけのたばこの袋と重ねてあった。

座蒲団と吸いかけのたばこの袋を眼にして、はじめて怒りが湧いた。理不尽と思った。師匠の座蒲団の横に、もうひとつ座蒲団があった。師匠の息子のものだった。英一《えいいち》という名だった。

英一も父について塗師の修業にはげんでいた。三人は一つ仕事部屋で毎日顔を合わせていた。英一は口数の少ない温和《おんわ》な性格の持主だった。武張《ぶば》った顔立ちの父よりも、色白で細《ほそ》面《おもて》の母に似た面立ちをしていた。

英一がときおり熱っぽい眼で自分を見ることに有紀子は早くから気づいていた。英一と有紀子が、将来は結婚して家業を継ぐ——そうした先走った予測をする者も世間にはいた。せまい山間の里である。予測はたちまち既成の事のように噂を呼んでひろまりかけてもいた。

そうした噂は有紀子自身の耳にも入ってきた。有紀子は噂に肚《はら》を立てなかった。むしろためらいながらも夢をそそられた。

師匠の吸いかけのたばこの袋に重ねられたマッチを手に取り、有紀子は片手で英一の座蒲団の端に手を置いた。涙があふれた。

マッチを手にして裏庭にもどった。木立ちの奥に進んだ。引き裂かれた下着はまたたく間に灰となった。炎は短くひと揺れしただけだった。すぐに闇がもどってきた。

闇に有紀子は救われる思いがした。忘れようと思った。英一の心を思うと忘れなければならない、と自分に言いきかせた。

つぎの日、有紀子は師匠の顔を見られなかった。英一の眼も識《し》らずに避けていた。師匠はいつもと変らなかった。起きたことは夢かと思うばかりの平然さだった。それが幾重にも有紀子の心を傷つけた。

二十日ほど過ぎた。夏は深くなっていた。有紀子はまた人の気配で眼をさました。前のときと一緒だった。師匠は横に端座という感じで坐っていた。両手は折った自分の膝の上にあった。

『英一さんを呼びます……』

有紀子は起き上がって小声で言った。膝の上にあった師匠の手が、不意に伸びた。有紀子は胸をはだけられていた。乳房をつかまれた。英一を呼ぶ声は出なかった。

終って相手は無言で出て行った。部屋に酒の匂いと、嗅ぎなれない異臭が残った。有紀子はもう暗い庭には出なかった。眠れずに夜を過した。漆芸家としてすぐれた仕事をする人がなぜ——そう思った。

有紀子のようすが変るのは当然だった。英一がそれに目ざとく気づくのも当然だった。

ある夜、英一が有紀子の部屋にやってきた。早い時間だった。家の中の者はまだみんな起きていた。

英一はまことに率直に、慎しみ深く愛を打ち明けた。有紀子は返事ができなかった。英一のふるまいが唐突だったからではもちろんない。予感はずいぶん前からあった。有紀子はそういう場面を待ち望んでさえいた。

返事ができずにいる有紀子に、英一は考えておいてほしい、と言った。そのまま彼は来たときと同じ、裏庭に面した濡れ縁から出て行った。

考えてほしいと言われても、考える余地のない立場に有紀子はいた。

三日後に有紀子はバスで二十分ばかりの母のいる家に帰った。さらに三日後に、有紀子は母にだけ行先を告げて東京に出た。高校の美術クラブで親しくしていた先輩のアパートに身を寄せた。先輩は女子美大に通ってグラフィックデザインを学んでいた。

絵の仕事をしたいという念願は、東京に出ると決めたときから胸にあった。先輩の知人の世話でアニメーションのプロダクションで働きはじめたのは、上京して一ヵ月後だった。


そうした打明け話をしたつぎの日の午後の、陽ざしの中での抱擁だった。有紀子の中に無理矢理に女にさせられた夏の夜の記憶が、前の夜以来、何かの形で尾を曳《ひ》いていたことは容易に考えられる。

だからこそ有紀子は、『ひとりでに』男性が自分の中に入ってくるという形をとりたかったにちがいない——矢口はそう思った。そうした。

彼は体をつないだまま静止をしていた。二人がしたことは、キスと愛撫と、やさしいことばのやりとりだけだった。

そしてそのまま、二人は果てたのだった。ことさら動くこともしないままに、深くてするどい歓びが、矢口にも有紀子にも生れていた。新鮮だった。有紀子は矢口がそれまで聞いたことのないはげしい声をあげた。矢口を押し包んでいる有紀子の体は、声に劣らぬはげしさでふるえていた。

電話のベルが鳴った。

矢口の回想は断ちきれた。

彼は有紀子の裸像のパネルを洋服ダンスにもどして寝室を出た。

電話はペレからだった。

矢口は、前日に九人祭の会場を出ていくときに口にしたという有紀子のことばを告げて訊いた。

「懐しい人が来てるから下の喫茶店で会ってくる、と言ったそうなんだ。パリ時代の有紀子の友人で思い当る人はいないかな？」

「うちのマダムはひどいやきもち焼きでね。ぼくはアトリエ以外でのパリでのユキコの私生活については、残念ながらさほど精しくはないんだ」

ペレはそう言った。

「だが、ユキコはみんなに好かれていた。ぼくのスタッフの連中ともよくつきあってた。その連中に訊けば判るかもしれない。パリに帰ったら訊いてみよう。だが、その間には有紀子は姿を現わすよ。そしてきみはぼくにスタッフに話を聞いてくれと頼んだことなんか忘れちまうさ」

ペレは明るい調子で言った。矢口の心配をなぐさめようという配慮から、と見えた。ペレはほんとうの事態の深刻さを知らされていないのだ。気休めを口にしたとしても無理はなかった。

影の軌跡

1

有紀子の失踪が新聞に出た。

姿を消してから九日目だった。

ニュースソースは新日広告の広池だった。それが記事になる三日前に、広池は矢口に電話をしてきた。用件は有紀子の失踪を新聞社に明かすことの予告だった。

それまでの数日間に、広池はクローバ乳業のコマーシャルの仕事の手当てに奔走《ほんそう》したらしい。クローバ乳業も新日広告も、有紀子のアニメーションを断念して、ピンチヒッターを立てた。

起用されたのは、サンシー・アドの境田邦広ではなかった。名の売れた漫画家だった。広池と松井は、境田邦広に向けた矢口の暗々の疑惑を気にしたものと見えた。

〈女流アニメーター、謎の失踪
　内外の賞に輝く下條有紀子さん〉

記事にはそういう見出しがついていた。内容は有紀子のアニメーターとしてのキャリアの紹介のほうが多かった。事のいきさつは、彼女が〈現代アニメーション九人祭〉の初日の会場から姿を消したとだけしか出ていなかった。

無理からぬことだった。有紀子の失踪につながるそれ以外の事実を知っているのは、矢口と江西の他には、有紀子当人を除いて、事を起した側の者たちだけである。見出しの大きさの割に、記事は短かった。そのアンバランスを、矢口は身を刻まれる思いで眺めた。

電話が鳴ったのは、矢口が朝刊のその記事を見た一時間後だった。

矢口は出かける支度をしていたところだった。サンシー・アドの境田邦広の素行と身上の調査を、興信所に依頼する考えをきめていたのだ。

ベルが鳴った瞬間に、矢口は相手を予感した。予感ははずれていなかった。

「しばらくです……」

穏やかな声が受話器にひびいた。

「新聞見ましたよ。考えましたね、矢口さん。あれだけの記事じゃあ、こっちは一応のところ文句のつけようがない」

矢口はことばを返さなかった。

「まあ、そっちの牽制球《けんせいきゅう》と見ておきましょう」

「新聞に有紀子の失踪を知らせたのはぼくじゃない。彼女の仕事先から話が表沙汰になったんだ。そう言えば判るだろう？」

「クローバ乳業と新日広告ですか？」

「有紀子が受けていた仕事が日程の上でぎりぎりになってたらしいからね」

「そうでしょうな」

男は言った。平然とした口ぶりだった。矢口ははっとした。頭に浮かんだことがそのまま口をついて出た。

「有紀子の仕事先から、いずれ近々に失踪が表沙汰になることは、あんた承知だったはずだな。クローバ乳業のコマーシャル用のアニメの原画を切り裂いたのは、あんたかあんたの一味の仕業に決まってるんだからな」

「むろん、承知してた。いけませんか？」

「結構だよ。あんたらが何を企んでいるのかは知らないがね」

「矢口さん、あんた、ほんとに何も知らないって言うのか？」

せせら笑うひびきがあった。

「知ってるのはあんたらが一人の女をかどわかした、ということと、ぼくの命を狙って失敗して、仲間を一人自分たちの手で殺したということだけだ」

「まあ、いいでしょう」

「ぼくが何をあんたに仕掛けたというのだ？　あんたたちは、有紀子の失踪が仕事の関係筋からいずれ表沙汰になると判ってて、どうしてぼくに警察に届けるな、なんて言ったんだ？」

「いずれ判るのと、すぐに判るのとじゃちがいますからね」

「時間を稼ぎたかったのか？」

「まあね。では……」

相手は電話を切った。へし折るような切り方だった。矢口は受話器を戻した。電話の男のことばを反芻《はんすう》した。謎は何ひとつ解けなかった。新しい謎が増えていた。奴らは何のための時間をかせぐ必要があったのか？

考えても仕方がなかった。謎を解く手がかりはまったくないのだ。

矢口はたばこをくわえた。火はつけずに部屋を出た。エレベーターで一階に降りた。エレベーターを降りるとき、切花を胸にかかえた中年の女とすれちがった。花は紙にくるまれていた。かすかな花の匂いが鼻先をかすめた。

有紀子！

矢口は胸の底で叫んでいた。

行先は決めてあった。先方と会う約束もすでに取りつけてある。

中央探偵社——新宿三光町《さんこう》の古ぼけたビルの中にある。代表者は秋津慎吾《あきつしんご》という。矢口と同郷で、高校の二年先輩に当る。

　中央探偵社などと名前は立派だが、働いているのは秋津一人だけである。商売柄、秋津はいささかうさん臭い印象もあるが、矢口は信用している。みんな、大なり小なりうさん臭さは持っている。人生の垢《あか》みたいなものではないか——そう思う。

　秋津は事務所にいた。そこを訪れるのは矢口は初めてだった。思ったよりは恰好がついていた。事務机が三つ、ガラスの戸のついたスチールの書棚、衝立《ついたて》、ソファセット。それだけで室内はいっぱいだった。

　秋津は事務机の上に朝刊をひろげて、立ったまま読んでいた。眼付がするどい。刑事の眼に似ている。仕事のせいでそうなったらしい。秋津を古くから知っている矢口はそう思う。

　秋津は矢口にソファをすすめた。眼はすぐに新聞にもどった。秋津が読んでいる新聞にも、有紀子の失踪を告げる記事が出ていた。

　矢口はソファに歩み寄りながら、その記事の見出しを眼の端にしていた。

　一切を秋津に打ち明けて相談相手になってもらおうか——矢口は思った。

　そこに足を運んできた目的は、サンシー・アドの境田邦広の素行・身上調査を依頼することにあった。矢口は有紀子のことは伏せておいてそれを秋津に頼む肚でいた。他の口実をもうければすむことだった。秋津は矢口と有紀子の個人的な関係など知らないはずだった。

　矢口はソファに腰をおろした。スプリングがきしんだ。

「顔色が冴えないな。どうした？」

秋津が声を投げてきた。まだ新聞に眼を落したままである。矢口はいつ顔色など見られたのかわからなかった。

「別にどうもしちゃいないけど、ちょっと疲れてるのかな」

「おまえ、近ごろボツボツと売れてるようじゃないか。雑誌や週刊誌のグラビアで名前見るよ。売り出し中の男が疲れてちゃ仕方がないぞ」

「平気ですよ。体は頑丈にできてるから」

「で、何だい、調べてほしいってのは？」

「忙しいですか、いま？」

「いやなこと訊くなあ、おまえ。忙しいほど仕事があれば、こんな小汚ない事務所なんかかまえてるわけないよ。近代的オフィスかなんかで、かわい子ちゃんの秘書置いて……。とにかく忙しくないの、ちっとも。用件をうかがいましょう」

矢口は笑った。秋津も苦笑いを見せた。

「実は、身許と素行を調べてほしい男がいるんです」

「もうからないんだよな、そういうの。手間ばっかりかかって……。でもやってやるよ」

矢口はサンシー・アドの境田邦広の名を告げた。

「サンシーだなんて、避妊の道具にそんな名前あったよな」

「まぜっ返さないでくださいよ。重大問題なんだから……」

「重大問題？　何が重大なんだ？」

「一人の人間の身の安全にかかわっている問題なんです」

矢口は言い、秋津を正面から見すえるようにした。秋津の眼が光った。

「やっぱりな。おかしいと思ったよ」

秋津はたばこをくわえ、火をつけるとマッチをテーブルに投げた。

「何かあるなって気がしたんだ。おまえの顔を見たとたんに……」

矢口はソファを立ち、事務机の上の朝刊を持ってきた。有紀子の失踪を告げる記事を指さした。

「じつはこれなんですよ。この下條有紀子、ぼくの女房同然の女なんです」

「これとサンシー・アドの境田邦広のことを調べるのと、関係があるんだな？」

「そうです」

「よし、詳しく話を聞こう。だが、おまえ、いまどこから来た？」

「三鷹の有紀子のマンションの部屋からですよ」

「やばいぞ、それは……」

秋津はソファを立ち、窓ぎわに立った。窓には埃っぽいブラインドがおりていた。陽光を遮《さえぎ》っている。秋津はブラインドの羽根を指先で押し下げて、そこに顔を寄せた。

「ここに来るまで、誰かに尾行されてるかどうか、なんてこと考える余裕はいまのおまえにはないよなあ」

秋津は窓の外をのぞいたまま言った。矢口は黙っていた。たしかに秋津の言うとおりだった。尾行者がいるかもしれないということなど、考えてもみなかった。

2

秋津の事務所を出たのは正午前だった。

矢口はすこし緊張していた。だが、それを表に出さないように気を配った。

彼は古ぼけたビルを出ると、歩道の人の列をぬって新宿駅に向った。

ビルを出たとき、近くに停まっていた車が動き出したようすはなかった。車から人が降りた気配も感じられなかった。しかし、もし尾行者がいて、彼がはじめから歩道の人の列にまぎれ込んでいたら、見分けはつかないだろう。

矢口は尾行者がいることを願った。いればその正体なり帰っていく先なりを秋津が突き留めてくれるはずだった。そこから有紀子の居所が割れる——秋津は矢口がビルを出ると同時に、同じビルの裏口から出たはずだ。そこからまわって歩道に出て、尾行者がいればそれを尾行する。そういう手はずになっていた。秋津は事務所を出る前に、矢口の前でヘアウィッグをつけ、サングラスをかけて、顔の印象を変えてみせた。

矢口は新宿駅から電車で大森に向った。

仕事場兼住まいのマンションの部屋に帰るのは、五日ぶりだった。

ドアを開けると、中で人の声がした。その声が止んで、江西が奥から顔を出した。

「あ、お帰りなさい。ちょうどよかった」

江西の声ははずんでいた。

「お客さんか？」

「原田が来たとこなんです。たったいま」

「原田？」

「例の彫刻家志望の男ですよ。東村山の共和運輸のこと調べてる、素人探偵……」

「ああ、彼ね」

「いま三鷹のほうに電話入れたけど、出なかったんで、どこに行っちまったのかと思ってたとこです」

「何かわかったの？　共和運輸のこと……」

「それは原田の奴に聞いてください。おれがしゃべっちゃっちゃ、原田の奴にわるいもの。奴ね、手柄顔なんですよ、ちょいと」

江西は矢口の耳もとでささやいた。

リビングルームに作られた部屋を、工作台のような机とキャビネットが占領している。あいた壁面と天井には、パネルやポスターが乱雑に並んでいる。すべて矢口の手がけたものである。

ソファセットを置くスペースはない。入口の左側の壁ぎわに、ベンチみたいな木の椅子があって、クッションが並べてある。客はそこに坐ることになる。

原田はそこにいた。矢口は初対面だった。

「どうも……」

原田は立ち上がってペコリと頭をさげた。ずいぶん背の高い男だった。

「やあ、矢口です。えらいこと頼んじゃってわるいね」

矢口は明るい声を出した。原田は有紀子の身に起きていることはもちろん、彼女と矢口との関係も知らないはずだった。

「いやね、江西から聞いてると思うけど」

矢口は広い机の前の椅子に、反対向きにまたがって言った。

「十日近く前に、ぼくが有明埠頭近くで交通事故に遭ってさ、ワゴンをつぶされかかったんだ。そのトラックは東村山の共和運輸で盗まれたものらしいんだ。ほんとに盗まれたのかどうか、ちょっと気になって、それで江西に言ったら……」

「江西から事情は聞きました。その事故で通行人が一人、トラックで轢かれて死んだらしいですね」

「そうなんだ。暴走トラックでね。こっちも危なかったんだよ」

「そうだったんですってね。ぼく、わりと探偵とかそういうの興味があるんですよ。それに、ちょっとアルバイトで、稼ぐ必要もあったから、いまその共和運輸で助手をやってるんです」

「へえ……。本格的じゃないか」

矢口は正直、おどろきの声をあげた。そこまでは期待していなかったのだ。

「運がよかったんです。ちょうど助手を募集してたんです。もっともいつも人が入れ替ってるらしくて、会社の入口に、運転手と助手を募集する大きな板の看板が打ちつけてあるんですよ、壁に」

「なるほど……」

「行ったらすんなり入れてくれました。一ヵ月いれば社会保険も作ってくれるって言うんです。おれ、笑っちゃうよな。一ヵ月なんている気ないのによ」

原田は後のほうは横に坐った江西に向って言った。

「いいじゃねえか。いろよおまえ、一ヵ月でも一年でも。彫刻家なんておまえ、なれっこないんだから……」

「それで何か判ったの？」

矢口は江西の軽口を封じた。

「矢口さんの知りたいことが判ったかどうか判らないんですけど……」

原田は気をもたせるように口ごもった。

「なんでもいいよ。話してみて」

「共和運輸ってのはトラックが大型と小型で三十台ばかりの会社なんです。食品会社と衣料会社が主な得意先で、コンテナー積んだトラックは、みんな食品会社の専属になってるんです」

「なるほど……」

「社長は鬼頭文司《きとうぶんじ》という人で、東村山の市会議員を三期つとめています。まあ、地元じゃちょっとした顔役って感じなんですね」

「市会議員か……」

「まだ五十そこそこですから、まあやり手なんでしょうね。わりに腰の低い、感じのいい男です」

「うん」

「そこまではいいんですが、社長の奥さんの弟というのが、専務として会社にいるんです。この男がちょっと評判がよくないんだなあ」

「どういうふうに?」

「専務ったって、配車と事故係をやってるだけですけど、ちょっとヤクザっぽい男なんですよ。口のきき方も荒っぽくてね。あれ、事故係としては適任かもしれませんね。凄《すご》んでまくし立てて、相手を黙らしちゃえばいいんだから」

「凄みそうな男なの？」

「本式のヤクザじゃないけど、そういう方面とのつき合いがあるらしいんです。運転手たちもおっかながってますからね」

「なんていう男？」

「本間友昭《ほんまともあき》っていうんです」

「名前はおとなしそうな感じなのになあ」

江西が言った。

「で、問題のトラックが盗まれたって話のほうなんですけど……」

「うん、どうだった？」

「盗まれたのは食品会社に行ってた大型車なんだけど、矢口さんの事故のすぐ後に見つかってるんですよ」

「現場の近くでね。新聞に出ていた」

「ああ、じゃあもうそれは矢口さん知ってるわけですね」

「うん」

「車庫に入れてあったのを、夜中に盗まれたんだろうって話ですよ」

「車庫ってのはどこにあるの？」

「会社とはちょっと離れてるんです。車で十五分くらいかな。車庫ったって青空駐車ですけどね。会社で空地を借りて車庫にしてるんです」

「トラック盗めそうなところ？　そこは」

「なんともいえないですね。というのはね、青空駐車だけど、空地の入口にプレハブの倉庫があって、二階に人が住んでるんです」

「共和運輸の人間？」

「そうじゃなくて、社長の一人息子の友だちだそうですよ。アパート代りに貸してるって話でした」

「倉庫の二階を？」

「倉庫ったって、工具とか古タイヤとかシートとか段ボールとかが入れてあるだけで、二階は畳が敷いてあって人が住めるようになってるんだそうです」

「社長の息子の友だちってのは、そこに一人で住んでるわけね？」

「家賃がいらないからって、よろこんでるそうです」

「学生か何かかい？」

「ちがいます。広告プロダクションに勤めてるんだとかって話です」

「広告プロダクション？」

矢口はまさか、と思いながらも、密かに胸を躍らせた。

「なんでも共和運輸の社長の友だちがやってる小さなプロダクションで、社長はそっちにも金を出してるんだとかって……」

「社長の息子って人は何をしてるの？」

「日本橋《にほんばし》のデパートに勤めてるそうです」

「その倉庫の二階に住んでるって人の名前、わからないかなあ」

「聞いときましたよ。境田邦広って人です」

原田はあっさりと言った。原田はそれがどういう人物か、自分が共和運輸で聞き込んできたこと以外は知らないでいるのだ。

「境田邦広か……」

矢口はおどろきを隠して言った。

同時に彼は、新日広告の広池に聞いた話を思い出した。境田は美校出ではなく、絵は独学であり、彼がサンシー・アドに入社するに当っては、サンシー・アドの出資者の一人の口ききがあった——そういう話だった。

では、境田をサンシー・アドに入れる世話をしたのは、共和運輸社長の鬼頭文司ということになるのか——。

「原田君は、その境田邦広って男、見たことあるの？」

「まだ一度も……。ぼくらが車庫から車を出すのは七時半ごろなんです。そのころは境田って人はまだ寝てるか、やっと起きるかぐらいらしいんです。夕方、車庫に車を置きに行くときは、向うはまだ会社から帰ってきてないんですよ。境田って人のこと、矢口さんも気になります？」

「だって、夜中にトラック盗めば、エンジンの音だってするだろうに、その境田って人、車庫の倉庫の二階に住んでて、気づかなかったのかな、と思ったんだ」

「そうなんですよね。ぼくもそう思った」

「トラックが盗まれたことは後でその境田って男の耳にも入ったんだろうにな。本人は何て言ってるんだろう？」

江西が口をはさんだ。

「それがねえ、その夜は境田って人は夜中の二時過ぎに倉庫の二階の部屋にもどったらしいんだ」

「いつもそんなに遅いのか？」

「そうでもないらしいけど、たまたまその夜は、社長の息子と専務の本間って人と、もう一人運転手と、四人で麻雀やってたらしいんだ。だから、いつもなら専務は境田って人をどなりつけるところだったろうに、運がよかったって、みんなは言ってますね」

「どこで麻雀やってたんだろう？」

「専務の家ですって。会社の近くなんですけどね」

「境田はいつも専務たちと麻雀やるのかね？」

「メンバーが足りないと狩り出されるってとこらしいですよ」

「じゃあ、境田が帰る前にトラックが盗まれたとしたら、誰も気づかないよね」

矢口は言って、組んだ手を頭のうしろにあてた。

共和運輸と境田邦広がそういう形でつながっていたことは、たしかに意外だった。

しかし、矢口には何か釈然としないものがあった。境田邦広は、いわば共和運輸社長の鬼頭文司に厄介をかけている立場である。就職の世話をしてもらい、ただで住まいも提供してもらっているのだ。

その境田がおれを襲うのに、共和運輸のトラックを使ったりするだろうか？

矢口はそう思った。彼には、境田が何かに利用されている存在にすぎない、と思えてならない。

そうだとすれば、不審はむしろ共和運輸にあるのではないか？

就職の世話をし、住まいまでただで提供しているのは、境田の存在を何かに利用するためではないのか？

そう考えつつも、矢口はいらだちを消せない。あらゆる推測。手にしたあらゆる事実。それらはすべて根を持たずに宙に浮いていた。それをひとつにまとめる鍵が欠けている。

結局は、有紀子をどこかに連れ去った者たちの意図が判らなければ、目隠しをされたまま象を撫《な》でさすっているようなものではないか――。

3

原田は帰って行った。

矢口は溜《たま》っていた郵便物に眼を通し、仕事の関係で返事をしなければならない相手たちに、たてつづけに電話をかけた。すべて仕事を断わる電話となってしまった。新進写真家としては開店休業といった状態だった。

秋津の事務所にも電話をした。留守は承知だった。

留守番電話に、三鷹か大森に至急連絡をくれというメッセージを入れた。原田に聞いたことを早く秋津に知らせたいと思ったのだ。

それらの用を片づけると、矢口は江西に留守番を頼んで、三鷹に引き返した。

有紀子のマンションの部屋を明けておくのは気が気ではなかった。いつ、あのばかに物静かな声の主から電話がかかってくるかもしれないのだ。そればかりではない。もしかしたら、有紀子がひょっこり戻ってこないとも限らない。

三鷹の駅の前の商店街に花屋があった。矢口は店先で足を停めた。朝、マンションのエレベーターの前ですれちがった中年の女の抱えていた花の香りを思い出したのだ。

有紀子の部屋に花を飾っておいてやろう、と彼は考えた。そういうことをして、有紀子は今日にも帰ってくる、と自分に思い込ませたい気持があった。

色の明るい、賑やかな花がいいと思った。黄色いバラが店の奥で光を集める感じで群れていた。矢口はそれに決めた。

店員は愛想がよかった。若いきれいな顔立ちの女だった。足をわずかに引きずるようにして、くるくると店の中を立ち回っていた。

それを見ているうちに、矢口は前にもそこで花を買ったことのあるのを思い出した。そのときも足のわるい、顔立ちの美しいその女の店員がいた。

去年の有紀子の二十七回目の誕生日の前日だった。誕生日の当日は、有紀子はアニメーション関係の仲間を招いて、アトリエでパーティを開く手はずになっていた。そのために、二人だけのパーティを、矢口は前日にしようと持ちかけたのだった。

そのとき、何の花を持っていったのか、矢口は憶えていない。何かの鉢だったような気もする。初夏だった。

二人だけの誕生パーティは、しかし、結果としてはお流れになった。

有紀子の部屋には先客が来ていた。有紀子にとっては会うことの辛《つら》い客だった。矢口にとっても虚心に顔を合わせられる相手ではなかった。

客は河合《かわい》英一だった。秋田の川連の蒔絵師の長男である。有紀子にとっては実らなかった初恋の相手であると同時に、彼女を力ずくで女にした男の息子でもあった。

英一は有紀子に会うためにわざわざ秋田からやってきたのだった。有紀子が逃げるようにして東京に出てきて以来、二人はそれまで顔を合わせていなかった。

有紀子は郷里の母親に、東京での住まいを英一にもその父親にも内緒にしてほしい、と強く頼んであった。娘のただならぬようすから、母親はあらかたの事情を察したらしい。約束を守ってくれていた。

去年の春、有紀子は全国紙を刊行している新聞社の短篇映画部門で、賞を取った。その記事とインタビュー記事が顔写真入りで大きく新聞に出た。住所もそこに紹介されていた。むろん正確にではないが、多少の土地鑑《とちかん》のある者なら見当がつく、といった書き方だった。

英一はその記事ではじめて、川連を出奔した後の有紀子の消息を知ったのだった。

『秋田の山奥で半人前の蒔絵やっているおれにくらべたら、有紀ちゃんは偉い。偉くなった。おれらとはもうちがう世界の人になった――そうも思ったけど、どうしても忘れられないで、こうしてやって来た。おれは蒔絵の仕事を離れてもいい。結婚してくれ。有紀ちゃんにおれは川連の家で、気持を伝えたはずだ。その返事はまだ聞いていない。それを聞きに、わざわざ川連から出てきたんだ』

そういうふうに英一は言ったらしい。矢口は後で有紀子に聞いた。矢口は英一に同情しながらも、彼のそのことばに、女々《めめ》しいひがみと無神経とを感じた。それを、田舎者《いなかもの》のわるいくせだ、というふうに思った。そこに矢口の、英一に対する素直になれない思いが映っていた。それを矢口自身、いやだなと思いつつ気づいていた。

英一も花を持って入ってきた矢口に、詮索がましい眼を向けた。有紀子はむろん、矢口が来るのを知っていた。彼女ははじめからそうする気持でいたらしい。矢口が現われるとすぐに、彼を英一に紹介した。

『写真家で、あたしのフィアンセの矢口克巳さんです』

きっぱりとした口調だった。矢口は英一を紹介されるとすぐに、有紀子の部屋を出た。

『折角いらしたんだから、ぼくは一、二時間、外で時間をつぶしてくるよ』

有紀子は困った顔で矢口を見た。英一はアトリエの天井に眼を投げていた。

座をはずすのは、この場合、あるいは英一にも有紀子にも厭味《いやみ》なものかもしれない、と矢口は思った。といって、傍で二人のやりとりを聞いているのも厭味にちがいなかった。

二時間ばかりパチンコ屋で時間をつぶして帰ってみると、英一はまだいた。矢口が出るときと同じ、アトリエのソファに坐って、有紀子と向い合っていた。

『夜行で帰ります。汽車の時間までここにいさせてください』

英一は矢口にそう言った。

『どうぞ……』

矢口はそう言うしかなかった。彼はキッチンに支度してあった誕生祝いの料理を、アトリエのソファの前のテーブルに運んだ。シャンペンもあった。矢口が張り込んで三日前に買ってきたものだった。

矢口がキッチンとソファの間を往復しているとき、有紀子はソファから離れなかった。彼女は疲れきったような顔をしていた。

矢口には有紀子の気持がよく分った。

有紀子は英一の相手をすることで疲れたのではないはずだった。英一の突然の出現で、有紀子はいまわしい過去の夏の夜の出来事に対面してしまったのだ。

そして彼女は、自分がなぜ川連を突然に後にしなければならなかったかを、英一に明かすまい、と考えているのだ。

それを明かせば、英一の気持は変るだろう。彼は有紀子への未練を捨てるだろう。けれども、父親が有紀子にしたことを思って、どんなに英一は傷つき、苦しむかしれない。

せめてそのことでだけでも英一を傷つけまい、というところで、有紀子はその午後からの長い、重い、気づまりな時間を耐えてきたにちがいない。それが有紀子の英一に対する思いやりであり、たがいに好意を持ち合っていながら、不意に相手の前から姿を消したことに対する詫びでもある——。

矢口は有紀子の気持をそういうふうに見ていた。

キッチンから料理の皿や酒をはこぶ気に矢口がなったのは、有紀子の気持を察してのことだった。矢口としては、せめて料理に箸をつけ、酒を飲むことで、とりあえずはその場の気まずさを救い、英一にも気分を変えて帰っていってもらいたかったのだ。

だが、英一は箸も持たなければ、グラスにも手を出さなかった。有紀子はシャンペンだけを舐めるようにして飲んでいた。

結局、英一は時間が来て帰って行くまで、ほとんど口をきかずに通した。

すでに夜の九時をまわっていた。有紀子はソファに坐ったまま、声を出さずに泣きはじめていた。英一の前では涙ひとつこぼしてはいなかった。

矢口は何も言わなかった。横に坐って肩を抱いてやった。有紀子は長い時間、そうやって泣きつづけた。

矢口は泣きやんだ有紀子の顔を蒸しタオルを作って拭いてやった。服を脱がせ、ネグリジェを着せてやり、ベッドに運んだ。

『おやすみ。ぼくはもうすこし飲んでから寝る』

矢口は言い、有紀子の額にキスをした。有紀子は矢口の手を両手で握り、頰に押し当てた。

『ごめんなさい……』

『いいんだよ』

矢口は寝室の明りを消し、アトリエのソファにもどった。

矢口はアトリエの明りも小さくした。テーブルには喰べ残した料理がそのままになっていた。それを見たくなかったのだ。窓から月の光がさし込んでいた。酔いはなかなかまわってこなかった。

有紀子の机の上のセル板が月の光の中でにぶく白く光っていた。矢口は立って行き、セル板の絵を眺めた。

少女の顔が描いてあった。輪廓の線のない有紀子独得の描法の絵だった。少女は泣き出す寸前といったふうに、表情をこわばらせていた。髪が炎のように宙に逆巻いていた。

『冥父』の少女だった。仕上がったフィルムの中では、漆の朱と黒のバックの中から、その少女の顔が、ゆっくりと浮き上がってくる、という演出になっていた。

あのとき、すでに『冥父』は完成していた。賞をもらって二、三ヵ月たっていたはずだ。なぜ、あの夜、原画が机の上に出ていたのだろうか？

美術雑誌か何かの取材が、その二、三日前にあったような記憶が矢口にはある。

月の光に照らされたセル板の少女を見ながら、矢口は胸を詰まらせた。

故郷の秋田・川連は、有紀子にとっていったい何だろう、と思わずにはいられなかった。

有紀子はそこで生まれ、漆の匂いの中で育ち、蒔絵師を志した。その限りでは川連は有紀子の心を映す里だろう。

だが同じその川連で、有紀子は非業の死で父を失い、初恋の相手の父であり、蒔絵の師である男に力ずくで犯された。そして父は惨殺されたとだけしか有紀子は知らない。その事情《わけ》については、母親も誰もが口をつぐんで語らない。惨殺されたということも、有紀子は子供のときに近所の子供たちの口から知ったにすぎないのだ。

父の死と、蒔絵の師に犯されたことと、その二つの面では、川連は有紀子の心を暗く刺す里であろう。

そう思うと、セル板の絵の少女の顔が、さっきまで声を立てずに泣いていた有紀子その人に、矢口には思えた。

ようやく重い気分の酔いがまわってきた。矢口はベッドに入った。有紀子はひっそりと寝息をたてていた。

夜明けに矢口は眼をさました。有紀子の手が胸の上にあった。窓のカーテンが明るんでいた。有紀子は眼をあけていた。ひっそりと笑った。

『誕生日おめでとう……』

矢口はつとめて明るい口調で言った。有紀子は声を出さずに笑って、矢口の胸に頬をつけた。唇が矢口の胸をついばみ、指が彼の乳首をそっと撫でた。

毛布にくるまれた有紀子の体は温かかった。矢口は有紀子の髪に口をつけた。手は彼女の背中や腰をさすっていた。

『欲しい……』

矢口の胸に唇を軽くつけたまま、有紀子が言った。言いながら彼女は腰を浮かし、矢口に体を重ねた。矢口は両手で有紀子の腰を抱いた。形よくくびれた腰だった。

矢口は体を重ねたまま、有紀子を横に抱きおろした。唇が重なった。

カーテンごしにさし込むミルク色の淡い光が、有紀子の乳房をうっすらと染めていた。淡い朝のその光の中で、乳首と乳暈の色がスミレ色に見えた。

矢口はそこに唇を這わせながら、少しずつ胸をはだけていった。

『かなしいこと、辛いことはもういや……』

ふと、有紀子はそう言った。手は矢口の体をさぐりにやってきていた。

『でも、有紀子は強いからだいじょうぶだ。何があったって乗り切れるさ』

有紀子は笑った顔でうなずいた。腰を浮かして下着を脱ぎ去った。

『そのまま、来て……。いつかみたいに』

『わかった』

矢口は体を起した。淡い明るみの中で、有紀子の太腿が冴えざえとして見えた。矢口は身をかがめて、その太腿にキスをした。しげみが頰を軽くくすぐった。そこにも矢口はキスと頰ずりをした。

それ以上のことはしなかった。矢口は静かに、時間をかけて、体をつないだ。

『これがいいの。ひとりでに静かにゆっくり入ってくるのが、とってもいいの……』

うす明りの中で、有紀子は眼を閉じて言った。二人はそのまま動かなかった。頬ずりをし、唇を重ね、髪を撫で、ささやき合いながら、潮の満ちてくるのを待てばよかった。荒々しく動いてはならなかった。わざとらしいセックスを思わせるものは禁物だった。ほの明るい水底で、ひっそりと寄り合う魚のように、肌を重ねていることが大切だった。呼吸をひとつにすることが大切だった。

矢口は動きたくなる衝動を殺した。有紀子がむりに女にさせられたことをはじめて告白したつぎの日の午後と同じように、二人は動かずに交っていた。

動けばいまの有紀子は、いまわしい夏の夜の記憶に足をとられてしまう——矢口はそう思って耐えた。足をとられかねないことを承知で、自分から交りを求め、肌を重ねてきた有紀子を、矢口は愛《いとお》しく思った。そこに彼は有紀子のひたすらな愛を感じた。

潮は甘くするどく満ちてきた。ほの明りの中で、有紀子は体を小さくふるわせはじめた。そのふるえは矢口にもするどいものとして伝わってきた。二人は息を詰めた。ゆっくりとせり上がってくる渦《うず》のようなものの中に二人はいた。

有紀子が短い声を放ち、一瞬、眼を大きく見開いた。眼はすぐにしっかりと閉じられた。またするどい声が放たれ、有紀子は強く息を吸った。彼女の体が大きく反り、腰が深く沈んだ。矢口の背すじを熱いものがどよめきつつ駈け抜けた。

有紀子が下から矢口の唇を吸った。渦はゆるやかに散っていった。

「お待たせしました……」

矢口はその声でわれに返った。足のわるい女店員が、黄色いバラの束をさし出していた。花はくるんだ紙の中で小さく躍《おど》るように揺れていた。

外は風が出ていた。矢口は風から花を守るようにして歩いた。

有紀子の部屋にもどると、電話のベルが鳴っていた。矢口は入口から花を抱えて電話まで走った。

電話は有紀子の高校のときの先輩だった。川連から出てきた有紀子をアパートに同居させ、アニメ工房に働き口を見つけてくれた女性である。矢口は会ったことはないが、名前は有紀子に何回も聞いている。

相手は、新聞で有紀子の失踪を知って電話をかけてきたのだった。

「ひょっとして帰ってきてるかも、なんて思ったり、どなたか留守番の方でもいらっしゃるかと思ったりしたもんですから……」

相手はそう言った。口ぶりに、矢口のことを詮索するようなひびきがあった。

「ぼくは矢口克巳という者で、有紀子の夫のような立場にいる人間です」

矢口は素直にそう言った。相手も有紀子に聞いていたらしい。矢口の名を知っていた。矢口は、新聞に出ていたこと以外は口にしなかった。

同じような電話がたてつづけにかかってきた。アニメーションの関係の知人たちが多かった。そこに帰ってくるまでも、電話は鳴りづめに鳴っていたにちがいない。矢口はそう思った。

秋津から電話が来たのは、外が暗くなりはじめたころだった。

「いやあ、やっとつながったよ。何回目だと思う?」

いきなり秋津はそう言った。三時間近くの間に、二十回ほどダイヤルを回したらしい。

「ところで用はなんだい? 事務所の留守番電話にメッセージがあったけど……」

秋津はひとしきり電話のつながらなかったことを不服がましく並べ立ててから言った。矢口はその日の昼に、大森で原田に聞いたことを話した。

「東村山の運輸会社のほうは、信用できる同業の仲間に頼んで調べてもらうことにしよう。企業調査に強い男だ。おれは境田センセイのほうを追ってる。センセイ、なかなかハンサムで、評判もいいぜ。とても仕事を取られたやっかみで荒っぽいことをしそうな男には思えないけどなあ。まあ、三日もしたらセンセイのことは全部調べあげてやるからな。待ってろ」

どこから電話をかけているのか、秋津の威勢のいい大声が、受話器をふるわせた。

4

秋津は大言壮語したわけではなかった。

三日もしたら、といったその三日目の夜七時前に、彼は三鷹の有紀子の部屋に電話をしてきた。

「今日は一回でつながった。電話はこうでなきゃな」

秋津はまずそう言った。矢口は苦笑を誘われた。

「境田邦ちゃんのこと、あらかた判ったよ」

秋津は少し声を低めてそう言った。三日前には彼は境田のことをセンセイを付けて呼んでいた。今度はちゃん付けである。

「どうでした？」

「調べてみると、いろいろ出てくるものだな。共和運輸のほうもだいたい判っている。会って話したほうがいいな。人眼につかない待合の奥座敷かなんか設営できないか」

「待合なんて、ぼく行ったことないですよ」

「尾行がこわいんでね。敵はプロだよ、矢口。待合は冗談だが、先々のこと考えると、おれは覆面でいたほうがいいと思うんだ。どこか場所ないか？」

「映画館に別々に入って中で落ち合ったらどうです？」

「だからシロウトは困るのよねえ。映画館の中で落ち合ってどこで話するんだ？」

「そうか……」

「仕方がない。おれの彼女の部屋を借りよう。新宿でクラブにつとめてる女だ。東中野に住んでる。そこに一時間後に来い」

秋津はその女の住むアパートまでの道順を説明した。

約束の時間より二十分ばかり遅れて、矢口はそこに行った。道が判らずに探しまわっていたのだ。

アパートは袋小路の奥だった。矢口は秋津に言われた通り、尾行者に注意をした。袋小路に入ってから物陰に身を潜めて五分待った。それから目当てのアパートの玄関に入った。それも秋津の指示だった。袋小路はたしかに、尾行者にとっては障害だろうと思えた。

新谷京子《しんたにきようこ》——ドアの名札にはそうあった。ノックをすると、ネグリジェ姿の髪の赤い女がドアを開けてのぞいた。

「矢口さん？」

女のほうからそう訊いた。矢口はうなずいた。女はどうぞ、と小声で言い、ドアを開け、そのまま奥に入っていった。上がり口には男物の靴がなかった。矢口は不審に思って、奥に声をかけた。

「秋津さんはまだなんですか？」

返事はなく、いきなりのれんをはねあげて秋津が顔を出した。

「遅いじゃないか。道が判らなかったんだろう」

秋津はにやにやして言った。

「そうなんです。ずいぶん探しましたよ」

「はじめてくる奴はたいがい迷う。おれももう三年になるけど、最近やっと酔っぱらってても迷わずに辿りつくようになった」

秋津はネグリジェの女に酒の支度《したく》を言いつけた。それで矢口はそれが部屋の主の新谷京子だと、納得した。

「お店休んだんですか？」

矢口は小声で訊いた。秋津はうなずいた。

「おれが来ると、いつも休んで、昼間からああしてネグリジェ着てるんだ。かわいいだろう。ちょっとぼんやりしてるんだ。だから信用できる。女はぼんやりしてるくらいのほうがいいぞ、おまえ」

秋津は頭を指先でさして言った。新谷京子がウイスキーの水割りのセットを盆にのせて台所からはこんできた。何も言わずに二人の前に置いた。水割りを作ると、すぐにまた台所にひっ込んだ。表情があまり動かなかった。ほんとうにぼんやりしてるのか、よほどの変り者か、と思えた。あれでホステスがつとまるのかどうか――矢口は思った。

「まず、邦ちゃんのほうだけどな」

「境田邦広ですね？」

矢口は念を押すように言った。

「うん。奴は岩手の花巻《はなまき》の出身だが、身寄りがないんだ。もともと一人っ子で、父親は彼が子供のころ死んでいる。病死だ。母親は彼が大学二年の冬に癌で亡くなってる。花巻で小さな定食屋をやってたんだ」

「その大学で、共和運輸の社長の息子と友だちになったんですね？」

「そういうことなんだ。三日前に電話で言ったとおり、邦ちゃんは人当りがよくて、まわりの評判もいい。ただ、ひっかかる点が二つある」

「なんです、それは？」

「一つは、邦ちゃんがつき合っている中によくない感じのするのが一人いる。もう一つは奴がちょうど下條有紀子さんと前後してパリに行き、前後して帰国してることだ」

「前後して帰国というと、その間、境田はずっとパリにいたわけですか？」

「絵の勉強をしてたというんだな。だから、この時期に、下條有紀子さんと邦ちゃんとの間に、なんらかの関わりがあったかもしれないし、なかったかもしれない。ただほぼ同じくらいの期間、同じ時期に二人とも向うにいたというのは、気になる。そうだろう？」

「たしかにねえ」

「邦ちゃんの交遊関係の中で、よくない感じのする奴というのは、鬼頭章司《しょうじ》だ」

「鬼頭というと、あの共和運輸の社長の息子ですか？」

「そうなんだ。これがどうもおもしろくない感じだなあ」

「どういうふうに？」

「どうというふうには言えないけどねえ、若いくせに、やることがすばしっこいって気がする」

「たしか鬼頭の息子は日本橋のデパートに勤めてるはずでしたね」

「そうなんだ。そうなんだが、近々に退職するんじゃないかって噂なんだ、職場では」

「どうしてまた？　何かあったんですか？」

「何もない。何もないけど、これが元代議士だったって男の娘と恋仲で、その元代議士先生は、つぎの選挙でカムバックを狙ってて、鬼頭章司はその事前運動を、市会議員の父親をまきこんで、一緒になってやってるっていうんだな。こういうすばしっこい奴は、おれ、どうも虫が好かないんだ」

「しかし、調査に私的感情を持ち込んでは困りますよ、探偵……」

「わかってる」

「しかし、選挙の事前運動やってるからって、何も勤めを辞《や》めることはないでしょうに」

「それがあるらしいんだ。つまりその元代議士先生が、秘書というか運動員というか、そういうものに鬼頭章司を抱え込む肚でいる、と章司の奴は言ってるそうなんだ」

「共和運輸自体には何も問題はなさそうですか？」

「これはなさそうだな、いまのところ。鬼頭章司の父親ってのは、なかなか市会議員としても評判はいいね。次期市議会議長候補とか言われてるそうだ」

台所で不意に笑い声がした。矢口はびっくりしてふり向いた。新谷京子が、小さな丸い食卓に頬杖を突いて笑っていた。赤い髪の下からイヤホーンのコードがのぞいていた。

「テレビ、テレビ。台所の棚にちっちゃなテレビ置いてるんだよ」

秋津が笑って言った。

「おれといて、セックスしてないときは、ああやってテレビ見てるんだ。セックスかテレビかさ。そういう女って、一緒に住みさえしなきゃ、気楽でいいぞ。おまえも有名なアニメーターなんかに惚れるから、こんな苦労するんだ。おれを見習え」

秋津は真顔で言った。彼の私立探偵としての報告は終ったらしい。

「彼女のじゃましちゃ恨まれるから、ぼくはこれで……」

矢口は腰を上げた。

「調査費用、計算して請求してください」

「生意気言うんじゃないよ。おまえ先輩に金を払っていい気分になろうってつもりか。第一、調査はまだ終ってないじゃないか。いとしい有紀子さんが帰ってくる当てでもついたのか?」

秋津は眼玉をむくような顔になって言った。矢口は苦笑し、頭を下げた。秋津は有紀子が戻るまで、無償で手伝ってくれるらしい。矢口は好意に甘えようと思った。原田のようなアマチュア探偵とちがって、さすがに秋津はプロだった。調査が行き届いていた。

「帰りはこっちだよ。そのほうが目立たない。張ってる奴がいないとも限らないからな」

秋津は窓をそっと開けて小声で言った。

「窓から出て左に行って塀のところを右に行くと、もう一本つぎの路地に出る」

矢口はうなずき、上がり口にもどって靴を持ってきた。台所を通るとき、新谷京子に挨拶したが、イヤホーンで聞こえなかったらしい。振り向きもしなかった。

窓の外に出ると、そこに秋津のものらしい靴が置いてあった。矢口は部屋の上がり口に、秋津の靴がなかった理由を納得した。

矢口は窓とブロック塀の間の狭い空間を、体を斜めにして歩いた。

アパートの部屋部屋からは、赤ん坊の泣き声や、テレビの音や、人の話し声が、それぞれいくらかこもったひびきで聞こえていた。

教えられた路地に出ると、矢口はたばこに火をつけた。その路地が、ばかに広い道のように一瞬、思えた。

三鷹の有紀子の部屋のあるマンションに帰った。

部屋の前に、男が二人立っていた。エレベーターを降りてすぐに、その姿を眼に停めて、矢口は思わず体をこわばらせた。いつかの有明埠頭での恐怖が頭をよぎった。

だが、まさかマンションの中で襲われることもあるまい――矢口はそう考えて、部屋のドアに近づいた。

「矢口克巳さんですか？」

男の一人が静かに声をかけてきた。くたびれた感じの背広を着てネクタイをしていた。刑事──矢口は直感的に思った。いずれ警察が事情を聞きに来るだろうという気はしていた。どこかでそれを心待ちにさえしていた。

「矢口ですが……」

「警察の者ですが……」

相手はさらに声を低めて言った。背広の内ポケットから、警察手帳を出して、ゆっくりと顔の前にかざした。

「中でお話しいたしましょう」

矢口はドアのキーホールに鍵をさし込みながら言った。男たちは軽く頭をさげた。

「ここが下條有紀子さんのお住まいですか」

アトリエのソファに腰をおろすと、刑事の一人は、室内を見まわして言った。

「仕事場、兼、住まいです」

矢口は答えた。

「夜分にうかがって恐縮なんですが、下條有紀子さんの失踪の件でお話をうかがおうと思いまして……」

刑事はそういうふうに話を切り出した。連れのほうは口をきかない。

「その後、ご本人からは何も連絡なしですか？」

「ないんです。実はぼくも、警察のほうに正式に捜索願いを出しにうかがおうかと思ってたんですが、彼女の帰りなり連絡なりが今日はあるか、明日はあるかと心待ちにしながら、今日まで延びのびになっていたんです」

「失踪の心当りはまったくありませんか？」

「ぼくには思い当ることはないんです」

「矢口さんは下條さんとご一緒に住んでいらっしゃるわけではないそうですな」

「ええ。二人とも仕事を持っておりますので、しばらくは別々に暮そうということで」

「とっても仲がよろしいとうかがってきたんです。まあ、気をわるくなさらないでください。何人かの方々に、あなたと下條さんとのこと、うかがって歩いたんです」

「お仕事上、当然と思います。それで、あれでしょうか？　有紀子の失踪には何かやはり犯罪が絡んでいるおそれがあるんですか？」

「それはまだ何とも言えないんじゃないですか？」

黙っていた年下の刑事が、はじめて口をきいた。矢口はそっちに視線を移して言った。

「でも、こうして刑事さんたちが、聞き込みにまわられる以上は、何かそれなりの理由があってのことと思われますが？」

「矢口さん……」

年上の刑事が、小さく体を揺すって口を開いた。

「まだ正式にわれわれ、事件捜査として動いてるわけじゃないんです。ただ、下條有紀子さんという、それなりに社会的にも名前を知られていらっしゃる、しかもお若い女性の失踪ということで、われわれも黙視しておるのもどうかと思われますので、予備捜査と言いますか、そういうことで動いているんです」

矢口は口をつぐんだ。ここで、起きたことのすべてを話してしまったらどうなるか――その思いが矢口の胸を刺した。

有紀子の拉致そのものが、すでに立派な犯罪なのである。それを刑事の前で隠さなければならない状況に、矢口は密《ひそ》かな怒りといらだちを覚えた。

できれば何とかして、さりげない形で刑事たちに、事が犯罪であることを知らせたかった。匂わすだけでもよかった。矢口はそう思って口を開いた。

「クローバ乳業のコマーシャルフィルムの原画が切り刻まれていたことについては、警察ではどう見ていらっしゃるんですか？」

「その辺なんですよ、実は……。その辺が何かキナ臭いというので、こうやってわれわれは、犯罪の絡んでいるやもしれないケースとして、予備的に動いているんですが、その、原画がなぜ切られたのか、いまもって謎でしてね」

「クローバ乳業には話を聞きにいかれたんですか？」

「ええ。クローバさんと、広告代理店の新日さんのほうとね」

「何も出て来ないんですか？」

「いまのところね。それで、下條さんのいちばん身近にいらした、矢口さんに、下條さんの私生活ですとか、生い立ちなどをお話しいただきたいと思って、実はお邪魔に上がったわけなんです」

ようやく刑事は話の本題にとりかかった。

5

つぎの朝、矢口は電話のベルで目を覚ました。

時刻は午前九時になろうとしていた。前の晩は三時近くまで起きていたのだ。刑事が帰っていったのが午前零時近くだった。有紀子の生い立ちや、彼女と知り合ってから今日までの二人の関係などを、詳しく語っていたら、その時間になっていた。

その後、気持が昂ぶって眠れないまま、ウイスキーを飲みすごしてしまった。刑事に有紀子のことを話したための、気持の昂ぶりだった。

二人の間のそれまでのあれこれが、一人になった矢口の頭の中につぎつぎに甦っていた。酒で酔ってしまうしか、それを鎮《しず》めるすべはなさそうだった。

電話の音ではね起きて、ベッドを降りると、足がふらついた。頭の芯が痛んだ。酔いがまだ残っていたのだ。

電話は江西からだった。

「いつまで寝てるんですか？」

江西はいきなり大声を受話器に送ってよこした。

「ゆうべ刑事が来て、遅くまで話し込んでいたんだ。その後で飲んじまったからなあ」

「じゃあ、まだ新聞見てないですね？」

「何かあったのか？」

「境田邦広が死にましたよ。ゆうべらしい」

「死んだ？」

「新聞じゃあガスもれの事故らしいってことになってますけどね」

「どこで死んだんだ？」

「自分の部屋ですよ。あの共和運輸の車庫になってる空地の倉庫の二階の……。さっき原田からも電話がきました。奴も新聞見て知ったらしいんですけどね」

「ガスもれって、中毒か？」

「爆発ですって。プロパンを使ってたらしいんです」

「くさいな、事故死ってのは……」

「匂いますね。タイミングがよすぎるよ」

「タイミングって、何のだい？」

「だって、ゆうべそっちに刑事が行ったんでしょう？　いずれ刑事は境田のところにも行く肚だったと思いますよ。刑事はゆうべ何も言ってませんでしたか？」

「クローバ乳業と新日広告には話を聞きに行ったと言ってた。警察はコマーシャルの原画が切り刻まれていたことを、何かあるとにらんでるようすなんだ」

「だったら、当然、境田にも話を聞きに行くはずですよね。もう一度ぐらい行ったのかなあ？」

「しかしなあ……」

「なんです？」

「おれもよく判らないんだが、奴らだって警察の眼がいずれ一度は境田に向くと承知をしていただろうにな。それが判っていて彼を消すかね？　境田が妙な死に方をすれば、警察はますます有紀子の失踪の裏に何かがあると疑うことになるはずじゃないか」

「それはそうだけど、プロパンの爆発事故って多いですからね。うまく事故死ってことで片づくようにすれば……」

「奴らはそんな危ない橋を渡るかね？」

「危ない橋を渡らなきゃならない理由が、奴らのほうに生じたかもしれないじゃないですか。境田は絶対に消されたんですよ……」

「可能性としては言えるけどな。おれも新聞見てみるよ」

矢口は言って電話を切った。

新聞は一階のメイルボックスまで取りにいかなければならない。矢口は少し思案した。朝早い時刻なら、パジャマ姿で行くのもさして気にならない。

だが午前九時ではいささか気がひけた。廊下やエレベーターや一階のフロアーで、他の部屋の住人と会わないとは限らない。だらしないと思われそうだった。

矢口は寝室に引き返した。服は寝室の有紀子のドレッサーの前のスツールの上に脱いで重ねてあった。

矢口は服に手を伸ばす前に、窓のカーテンを開けた。まぶしい光がさし込んできた。

スツールに向き直って、矢口は眼をむいた。服を取ろうと伸ばしかけた手が、宙で凍ったように停まった。

はじめに眼に付いたのは大型の登山ナイフだった。ナイフは一枚の写真を刺し貫いていた。

有紀子の裸の写真だった。写真の有紀子の表情は痛々しく歪んでいた。むろん、以前に矢口が写したものではない。

一眼見て素人写真を引き伸ばしたものと知れた。四つ切の大きさだった。陰毛まで写っていた。

ナイフは写真の有紀子の左の乳房の部分を貫いていた。

ナイフはその下の矢口の衣服をも刺し通して、スツールの詰物の下の板に突き立てられていた。

それだけではなかった。

矢口のアンダーシャツとセーターとジーンズのサハリジャケットの左胸に、いずれもナイフの通った跡が残っていたのだ。

矢口はナイフを抜き、服やシャツを調べてみてはじめてわかったのだ。

心臓に当る部分をそれぞれ重ねて置き、その上に有紀子の写真を置き、その上で狙ってナイフを刺しているのだ。念の入ったやり方だった。

矢口は背すじに冷たいものを覚えた。

明らかにそれは矢口に対する警告であり、牽制であった。

それをした者は、寝ている矢口に気づかれないように、入口のドアを開け、矢口の寝息を聞きながら、スツールの上の服を重ね直し、有紀子の写真をさらに重ねてナイフで刺し貫いたのだ。

いつでも忍び入って殺せるぞ、と言わんばかりではないか――。

矢口ははじめてその部屋の鍵のことについて思い当った。そしてふたたび体のわななくのを覚えた。

彼らは有紀子が持っていた部屋の鍵を奪って、それを持っているにちがいなかった。だからこそ、ゆうべも忍び入ってナイフで服を刺すことができた。有紀子を拉致した日には、やはりアトリエに入って、コマーシャルフィルムの原画を切り裂き、アトリエの中を荒らすこともできたわけだった。

矢口はナイフの跡のある衣服を寝室の床に叩きつけた。

乳房を抉《えぐ》られた形の無残な写真に、矢口は見入ったまま立ちつくした。

マロニエの記憶

1

遠くけだるい感じにひびく女の声で、矢口は浅い眠りから覚めた。

フランス語の機内放送が流れていた。アンカレッジということばだけを、矢口は聞き取った。

成田《なりた》空港を飛び立ったのが午後九時だった。腕の時計は日本時間のままにしてある。午前三時三十分をさそうとしている。あと三十分ほどで、アンカレッジに着くな——矢口は思った。

そのとおりのことを、日本語に替った機内放送が告げた。アンカレッジで給油のため一時間停まるらしい。アンカレッジからドゴール空港までは、さらに九時間三十分余りを要する。到着は現地時間で午前六時半くらいということになる。

矢口は閉じてあった窓の日よけを少しだけ開けた。外は白々とした光が満ちていた。下は北極に当るのか。

三年前、女優を写す仕事でパリに行くとき、途中で機内の窓からマッキンレーの峰々が見えたことを矢口は思い出した。陽光を受けて白金色に輝く山の姿は、荘厳な思いを誘った。

そのときの旅で、矢口は有紀子と知り合ったのだが、知り合って何日目かに、矢口は機内から見たマッキンレーの姿を有紀子に語って聞かせた。有紀子は日本からパリに来るとき、それを見ることができなかった、と残念がってみせた。

いまはそのマッキンレーも見えない。窓の外は遠くの陽の光を感じさせる明るみが、ただ白々とどこまでもひろがっているだけである。

矢口は窓の日よけをおろした。シートに頭をつけた。眼を閉じたが、眠気は去っていた。

慌《あわた》だしい旅立ちだった。

有紀子のマンションの寝室に何者かが忍び入って、ナイフの警告を残していった日からちょうど一週間が過ぎていた。

そして、境田邦広がプロパンガスの爆発事故で命を落してからも、同じように一週間が過ぎている。

警察は境田邦広の死を、過失による事故死と正式に断定した。

現場の検証の結果、ガスコンロの栓《せん》は全開となっていたことがわかった。現場の近くからは、インスタントラーメンのこげついたままの小さな片手鍋も発見された。それは遠くに吹きとんでいて、爆発のすさまじさを偲《しの》ばせた。

　コンロには、何かの煮汁の吹きこぼれた跡やラーメンのめんのこびりついた跡も残っていた。

　一方では、境田がその夜、ひどく酒に酔っていた、という証言もあった。証言者は境田と同じ職場の若いコピーライターだった。境田が勤め帰りにその友人を誘い、八重洲《やえす》のバーを何軒か飲み歩いたのだという。

　酔った境田は、自分の部屋に帰り、空腹を覚え、インスタントラーメンを喰べようと思い立ち、鍋をかけ、めんをゆでている最中に眠りこんでしまった。

　鍋はやがて吹きこぼれ、そのために火は消えた。しかしそのままガスは出つづける。やがてそれは部屋に充満する。そのうちに目を覚ました境田が、たばこを吸おうとマッチをする。そして爆発が起きた——。

　それが事故死と断定されるまでの、警察の推論だった。境田が有紀子の失踪にからんで、警察に事情を訊かれたことを報じた新聞は一紙もなかった。境田が同じ事件で警察に関心を向けられてしかるべき存在であることすら新聞はまったく報じていなかった。

　矢口はそれらの事実の前で首をかしげた。境田の死が、警察の断定どおり、ほんとうに事故死であるか否かはおくとしても、彼に対して警察が関心を寄せていなかったはずはないのだ。

警察と境田邦広の間に接触が生れていたら、そこが切り口となって、有紀子の失踪の真相や背景が姿をのぞかせることになっていたかもしれないのだ。

だが、境田の死によって、警察は切り口を開くべき手がかりを失ったことになる。

矢口は、三鷹のマンションに訪ねてきた刑事に思いきって電話をした。境田の死が新聞に出たつぎの日の午後だった。

『東村山でガスの爆発で死んだ境田邦広という人のことですが……』

『ああ、知ってます』

『境田さんが、クローバ乳業の新製品のコマーシャルフィルムの仕事で、有紀子と最後まで受注を争ったアニメーターだということもごぞんじですね？』

『矢口さん、お詳しいですな。どなたにお訊きになりました？』

『クローバ乳業の宣伝課長代理の松井さんという方、それから新日広告の広池さんという方、このお二人にうかがいました』

『それで？』

刑事の口ぶりは、いささかトゲがふくまれているように矢口には思えた。

『当然、境田さんは警察に事情を訊かれたんでしょうね？』

『二度ばかり話を聞きました』

『それで、ご本人はなんとおっしゃってたんですか？』

『なんと言ったかって、何についてです？』

『有紀子の描いたクローバ乳業のコマーシャルフィルムの原画が切られていたことについてですよ』

『覚えはない、という話でした』

『それだけですか？』

『矢口さんは、何をおっしゃりたいんですかな？』

矢口はそう言われて少しうろたえた。うろたえが、彼に率直なことばを吐かせた。

『何が言いたいということではないんですが、ただ、有紀子の失踪の状況の中に多少とも関わりのある境田さんが、いまこの時期にああいう唐突な亡くなり方をされたので、ちょっと気になったんですよ』

『気になったとは？』

刑事は突っ込んできた。有紀子の失踪に犯罪が絡んでいることを匂わす、絶好のチャンスだった。境田は殺されたのかもしれませんよ——そう一言告げるだけで、事態は変っていくかもしれないのだった。

どうして境田が殺されたかもしれないと思うのか、と刑事は当然、訊くだろう。矢口はしかし、それに答えるわけにはいかないのだ。それに答えることは、有紀子の裸の左の乳房にナイフが刺さることだ、と敵は警告してきているのだ。

『どうして境田さんの事故死が気になったんですか？』

刑事は重ねて訊いた。矢口は後退した。

『どうしてと言われても困るんだけど……』

『あれは事故死じゃないんじゃないか、と言いたいわけですか？』

『そんなこと言ってませんよ』

『矢口さんのお気持は判りますよ。大事な人がわけもわからずに姿を消して、やがて二週間になるわけですからね。でもね、矢口さん、境田邦広には疑うべき点は、何もないんですよ、われわれの調査では……』

境田自身が疑わしいんじゃないのだ。境田の陰にかくれている奴がいるかもしれない、と言っているんだ——矢口はそう叫びたいのをこらえた。

『考えてもごらんなさい、矢口さん。下條さんの失踪に境田が絡んでいたら、わざわざフィルムの原画なんか切り裂きゃしませんよ。そんなことをしたら境田さん自身がまっ先に疑われるじゃありませんか』

『そうですね』

ぼくもそう思う——ということばを矢口は呑み込んだ。

『フィルムの原画を切り裂いたのは、あるいは下條さん自身かもしれない——そういう考えも成り立ちますよ、矢口さん……』

『そんなばかな！　刑事さんはアニメーションというものが、どんなに手間と時間のかかるものか、ごぞんじないからそんなことをおっしゃるんだ。苦労した作品を、誰が自分で切り刻んだりしますか？』

『そこが下條さんは、芸術家だから、並みのわれわれとはちがうのかもしれないし……』

『わかりました。では』

矢口はそう言って、唐突に電話を切ってしまった。

刑事とのやりとりで判ったことは二つだけだった。警察が境田邦広に対して抱いていた関心が、さほど重大なものじゃなかったということ。もう一つは、有紀子の失踪が、有紀子自身の個人的事情と意志によって行なわれたものかもしれないという見方が、警察にまだ強く残っていることだった。

だからといって、矢口に警察の消極性を非難できただろうか？

有紀子の失踪が不法な手段で行なわれたことを示すいくつもの事実を、警察に隠しているのは矢口自身だった。

矢口は刑事に聞いたことを、秋津と江西に伝えた。三人はそのときも、東中野の新谷京子のアパートの部屋に別々に出かけていって落ち合った。江西はいたずらに昂奮していた。彼を昂奮させたのは、有紀子の寝室に敵が忍び込んで、不気味なナイフの警告を残していったことに発していた。彼は戦い方を考える前に、怒りにかられてとび出すというタイプの人間だった。

秋津は冷静だった。彼は、そのときもネグリジェのまま、小さな台所でイヤホーンを耳にテレビを見ている新谷京子の尻のあたりに眼をあてたまま言った。

『まずしなきゃならんのは、有紀子嬢の部屋の入口のドアの錠前をそっくり取り替えることだ。錠前を替えちまえば、あちらさまのいまお持ちになっていらっしゃる鍵は使えなくなる』

たしかにそうだった。簡単なことだった。

『あちらさまは、いますぐ矢口に息をしなくなってもらいたがってるわけじゃなさそうだから、錠前さえ替えれば、そう警戒しなくてもいいだろう。それより矢口は、パリに飛ぶんだな』

『パリね。ぼくもそれを考えていたんです』

矢口はうなずいた。

『パリでの有紀子さんの交遊関係を向うで調べてこいよ。特に境田邦広と向うで彼女は接触があったかどうか……』

それで矢口はパリ行きを決心した。

錠前は鍵屋を呼んで、早速取り替えさせた。二重ロックにした。

あとの三日はパリ行きの準備に追いまくられた。航空券の安いのが見つからず、ノーマルの旅費で行くことになった。むろん、経費の多寡などにかまってはいられなかった。

2

ドゴール空港の動く歩道は距離が長い。

サテライトからトランジットフロアー、さらに到着フロアーまでつづく。

税関のブースを出たところに、ペレがいた。迎えに出てくれるように頼んであったのだ。一人歩きできるほどには、矢口はパリを知らない。

「パリまで来なければならないことになったか。たいへんだな」

ペレは矢口の手を握っていった。得意のジョークはさすがに口をついて出ない。

「厄介をかけてすまない。力を貸してくれ」

矢口は決して流暢《りゆうちよう》とはいえない英語で言った。パリでの用件は、あらまし電話で伝えてあった。

「まっすぐホテルに行ってひと眠りしたほうがいい。眼が真っ赤だ。午後にアトリエに電話をくれれば、スタッフの一人を迎えにやる。アトリエにユキコのことを話してくれる人間を集めておくよ。みんなおれのアトリエのスタッフだ」

「ありがとう」

ペレは車で来ていた。古いシトロエンだった。乗るとスプリングがきしんだ。エンジンは悲鳴に近い音を発した。

空港からパリに通ずるハイウェイを、シトロエンはしかし、身ぶるいをつづけながら走りはじめた。

「すごい車だ——そう思ってるだろう、ムッシュー・ヤグチ。顔に書いてあるぞ」

ペレははじめて軽口をたたいた。矢口は苦笑した。

「フランスでは日本とちがって自動車の車体検査なんてないんだ。車は走れなくなるまで乗っていい。走れるか走れないかを決めるのは、車自身と持主だ。おれのシトロエンはあと百年は走れると言ってる」

「道理で、エンジンの音が赤ん坊の泣きわめく声に似てるわけだ。赤ん坊ならこれから百年は生きられる」

矢口も軽口を叩いた。いくらか心が晴れそうだった。ペレはいい奴だ、ぼくを笑わせようとしてくれている——矢口は思った。

「日本は運転免許証の更新は何年おきだね？」

「三年だよ」

「三年！　役人がよっぽどヒマなんだろう」

「フランスは？」

「九十九年おきだよ。だから免許証の更新をした人間はまだ一人もいない」

「ほんとうか？」

「嘘じゃない」

「あきれたもんだな」

「何が？」

「ラテン民族のおおまかさがさ……」

「日本人はせせこましすぎる。スケールが小さい。ナリタのあの騒ぎひとつ見てもわかる」

「ナリタの騒ぎ？」

「わがドゴール空港の話をしようか？」

ペレはニヤニヤして言った。明らかにふざけてお国自慢をやらかそうという顔である。

「ドゴール空港がどうした？」

矢口はそそのかした。

「ドゴール空港の用地を買収するに当って、わが政府は、たった一人の地主と交渉して、ウイと言わせれば事が足りたのさ」

「どういうことだい？」

「買収する必要のある土地がすべて、たった一人の地主の所有物だったってわけだ」

「おどろいたねえ」

「しかもだ、買収に伴って立ち退かなければならない農家が、たったの三軒だった。これもほんとうの話だ」

「この広大な土地に農家が三軒か……」

矢口はうなってみせた。ペレのサービス心へのお返しのつもりもあった。

空はくもっていた。鉛色の広い帯状の雲が層をなして空を低く覆っていた。風は冷たそうだった。

夏が終って、バカンスから帰ってきた人たちで街が活気をとりもどしたと思ったら、パリはすぐに冬なのよ——いつか有紀子がそう言った。夏のパリは観光客で占領される、とも彼女は言った。

ドゴール空港からハイウェイを四十分も走ると、パリ市内に入る。

矢口はモンタボー通りにあるホテルを予約してあった。地図で見るとチュイルリー公園がすぐ近くのはずだった。廃兵院も近い。

シトロエンの中で、矢口はペレにだけは、有紀子の失踪に関わるいくつかの危険な事実を、ありのまま明かそうか、と考えた。

それはパリに行ってみようときめた日からずっと、矢口の胸に揺れていた迷いだった。

迷いはパリに着いたときから、すこしずつ薄れていくようだった。

ペレが、有紀子の失踪の原因について、あれこれ問いただしてこないことも、矢口の迷いを薄いものにする作用をしていた。

ペレは有紀子の失踪の原因をどう考えているのか？

原因は有紀子と矢口との二人の関係の中にあるとでも思って、それで遠慮をして問いただそうとしないのではないか——。

そういうふうにも矢口は考えた。その考えは、矢口を落ち着きのわるい気分にした。

シトロエンは、パリの街中にさしかかっていた。マロニエはすっかり葉を散らしていた。裸の枝だけが、小さくふるえているように見えた。

「じつはペレ……」

矢口は口ごもったまま、ペレを見た。髭だらけのペレの顔が、短い間、矢口に向けられた。

「いままで黙ってたんだが、有紀子の失踪には、何かよくないこと、たとえば何かの犯罪が絡んでいるような気がしてならないんだ」

矢口は慎重にことばを選んで言った。

「犯罪？　どういうことだ」

ペレはまた矢口に短い視線を向けてきた。

「はっきり言えることは何もない。ただ、有紀子が姿を消してから、二度ばかり妙なことがあった」

「ほう、どんな？」

「一度はぼくが車ではねられそうになった。ひょっとしたらはじめから轢き殺そうとしたんじゃないか、と思えるような状況だったんだ」

矢口は有明埠頭でのことを、そういうふうに形を変えて話した。

「それで、きみは無事だったんだな？」

「なんとか助かった。かすり傷ぐらいでね」

「もうひとつのほうは何があったんだ？」

「一週間前に、ある人間が自分の部屋でプロパンガスの爆発にあって死んだ」

「ある人間て、誰だ？」

「境田邦広という男だがね」

矢口は境田が、クローバ乳業のコマーシャルの仕事の受注を最後まで有紀子と争った男であり、有紀子のコマーシャルフィルムの原画が切り刻まれていたということも併せてはじめて明かした。

「暗黒街の話を聞いているみたいだが、たしかに妙だね。偶然でなければ……」

「偶然？」

「きみが車ではねられたこととか、そのサカイダという男の死とかがさ。それは、ユキコの失踪と関係がある、ときみは思っているわけだね？」

「印象としてはそう思えなくもない。むろん証拠はないけどね……」

「いったい何がユキコの身の上に起きたというんだろうね」

ペレは不意に声を高めて言い、握っていたシトロエンのハンドルを叩いた。

「もし、パリで何かがつかめるんだったら、何でも手伝うよ。言ってくれ、ヤグチ」

ペレはホテルの前で別れるとき、そう言った。

ホテルのフロントには、見るからに陽気そうな、イタリー人らしい男が坐っていた。瘦《や》せて背の高い、女のような美しい顔をしたボーイが、矢口のスーツケースを持った。エレベーターは小さくて古ぼけていた。ドアはすりガラスのはまった開き戸で、その中に鉄の蛇腹式の囲いがついていた。

部屋は五階だった。矢口はボーイにチップを渡し、一人になると着ている物を脱いだ。熱いシャワーを浴びてひと眠りすれば、思いがけない幸運が自分を待っている——そんなことを考えて、あてどもなく滅入りこんでいきそうな心を支えた。

3

ペレのアトリエは、クリシー街の古い石造りのアパルトマンの三階にあった。

階段の手すりは年代をへて黒光りしていた。押すと危なっかしく揺れた。階段の敷物はあちこちがすりきれていた。

ペレと、三人のスタッフたちが、アトリエで矢口を待っていてくれた。三十近いと思える女が一人いた。あとはみんな二十代の男たちだった。

ホテルまで矢口を迎えにきてくれたニコラは、二十二歳だと言った。

みんなは、日本で有紀子が失踪中であることは、すでに知っていた。日本から帰ってすぐにペレが話したのだという。

「有紀子は、アニメーションの上映会の会場で、突然、消息を絶ったんだが、そのときとても懐しい人が会場のビルの一階の喫茶店まで来ているから、といって上映会の控室を出て行ったそうなんです」

矢口は、あらためて有紀子の失踪のときのようすを、みんなに話した。

「それっきり、やがて三週間になろうというのに、まったく消息がつかめないでいます。有紀子が懐しい人と言ったのは、いったい誰のことなのか、ぼくはいろいろ考えたり、調べたりしました」

ペレと彼のスタッフたちは、アトリエの椅子にかけたり、板ばりの床に腰をすえたりして、黙って矢口の話を聞いていた。ペレがそれを英語からフランス語に通訳してくれた。

「有紀子にはすでに身寄りがありません。彼女の生れた土地にも、有紀子を訪ねてきて、それを有紀子がよろこんで迎えるような懐しい人、というのはいそうもないんです。となると、彼女が姿を消す直前に言った懐しい人というのは、彼女のパリ時代に交渉があった誰かではないか、ともぼくは思うんです」

アトリエはスチームで温かかった。窓の外は灰色の光がひろがっていた。矢口は話しながらもどかしさを覚えた。たどたどしい英語で話し、それがペレによってフランス語に替えられて相手に届く。そのもどかしさもたしかにあった。

それだけではなかった。自分の話している事柄が雲をつかむようなものに思えてならなかったのだ。聞いている四人のスタッフたちの表情も、矢口にはどこか手応《てごた》えのうすいものに思えてならなかったのだ。

「それで、みなさんに、有紀子と交際のあった人間のことを、いろいろ思い出してほしいんです。あるいは、有紀子に関することならどんな小さなことでも、気になることがあったら話してもらいたいんです」

ペレはそれをフランス語に替えてスタッフたちに伝えた。それから彼は、ただ一人の女性スタッフであるローラに何か言った。ローラは足もとに眼を落して考え込むような表情になった。

「ローラはクリニヤンクールのユキコのいたアパルトマンの一階下に住んでいるんだ」

ペレは矢口にそう言った。

「だから、ユキコの私生活については、彼女がいちばんよく知っていると思うんだ」

ペレのことばで、矢口はローラを見やった。ローラはまだ考えこんでいる。

「ユキコはそれほどたくさんの人と交際があったとは思えないけど……」

そう言ったのは、ニコラの隣にいたブランという名の男だった。

「ぼくが知ってるのは、ムッシュー・ヤグチの他には二人だけだな」

「その二人とは？」

「一人はサントノーレ通りにあるアカシというオニギリの店で働いている日本人の女だ。名前はわからないが、ユキコはその女によく買物の相談をするとか話していた」

「もう一人は？」

「これはベルギー人の画廊の店員だよ。四十ぐらいのよくふとった女だ。ユキコはよく画廊をのぞいて歩いていたからね。どうしてベルギー人の女と親しくなったのかはよくわからないが……」

「日本人の男性でユキコと交際のあった者はいなかったのかな？」

「ヒガサという男からよくアトリエに電話がかかっていたころがあったな、そういえば」

モントンという名のスタッフが言った。

「ああ、ヒガサ。それなら知ってるよ」

ニコラが言った。

「ヒガサはサンミシェル通りのチャイナレストランにいる男だ。ボーイをやっている。学生だと言ってたけどな」

「そのヒガサと有紀子は親しかったのかな？」

矢口はニコラに訊いた。ニコラはなぜかそこで片手をまっすぐ伸ばし、ピストルを射つ手つきを見せてから言った。

「ヒガサとユキコは一ヵ月ぐらいしか交際はつづかなかったはずだよ。ヒガサに金を貸したら返してくれない、といってユキコが怒っていたもの。それからまもなく、ヒガサからは電話がこなくなった……」

「ヒガサって、どんな男？　つまり顔だちとか、体つきのことだけど……」

それまで黙っていたローラが、ニコラにたずねた。

「チビさ。眼が細くて黒ずんだような肌の色をして、髪が強くちぢれていた」

「ならちがうわ……」

「なにがちがうんだい、ローラ？」

矢口は訊いた。

「クリニヤンクールのアパルトマンに、二度ばかりユキコをたずねてきた男の人がいたのを思い出したの」

「日本人？」

「そう。日本人だと思うわ。流暢なフランス語を話してたけど、ユキコ・シモジョウというときの言い方が、日本人の言い方だったもの」

「ローラはその男と話したことがあるんだね？」

「その男がアパルトマンに来たとき、ユキコは二度とも留守だったの。ユキコの隣の部屋のマダムが、あたしに訊けばユキコの行先がわかると教えてくれたと言って、その男はわたしの部屋のドアをノックしたってわけ」

「どういう男？」

「日本人にしては彫りの深い顔立ちだったわ。眼が大きくて。身長はあれで一七〇センチはあったでしょうね。年は三十二、三歳かしら。でも、日本人て若く見えるから、もっと上かもしれない」

「もしかして、その男……」

ブランが口をはさんだ。

「話をしながら、小さく洟《はな》をすするような音を立てやしなかったかい？　こんなふうに」

ブランは唇をすぼめて、スッスッと鼻で勢いよく息を吸い込んで音を立てた。

「そう言えば、そういう癖があったみたいだわ。ブラン、知ってるの？」

「サントノーレ通りのアカシにユキコと行ったとき、その男と二度ばかり会ったことがあるんだ。しかし、ユキコとそんなに親しそうではなかったけどね」

「それはいつごろ？」

「ユキコがこのアトリエに来るようになって、そうだね、四、五ヵ月したころかな？」

「その男がクリニヤンクールのアパルトマンに来たのも、最初はそのころだったわ。たしか、八月の末か九月ごろよ」

「二度目は？」

「二度目のときは、もうコートを着なきゃ外に出られなくなったころだわ」

「クリニヤンクールのアパルトマンにその男がきたのは二度だけ？」

「あたしが知ってるのは、二度だけよ」

「結局、ユキコと関わりのあった人間の中で、どこの誰かわからないのは、その男だけってことになるな」

ペレがひとりごとのように言った。

「サントノーレ通りのアカシっておにぎり屋の、有紀子と親しかった女というのは、今もその店にいるのだろうか？」

矢口はブランにたずねた。

「いるはずだよ。彼女はこっちで結婚してるんだ。相手はフランス人らしいけどね」

「行ってその女に会ってみれば、クリニヤンクールのアパルトマンに有紀子をたずねていった、という男のこともわかるかもしれないな」

矢口は言った。

「ニコラに道案内をさせるよ。ニコラは片言の片言ぐらいだが、英語も話すから……」

ペレはそう言ってくれた。

4

夜の訪れの遅いパリだが、街はすっかり暮れていた。

ペレはポンコツのシトロエンを貸してくれた。ニコラがハンドルをにぎった。クリシー街からサントノーレ通りへは、ほぼ南下する恰好になる。

悲鳴をあげて走るシトロエンの中で、矢口はなんとなく二人の男を重ねて考えようとしていた。一人は境田邦広であり、一人はクリニヤンクールの有紀子の住むアパルトマンに現われたという男である。

二人は同一人物ではないか、というのが矢口の漠然とした推測だった。

矢口は境田邦広に会ったことはない。写真の用意もなかった。境田の身辺調査をしてくれた秋津の話によると、境田はなかなかのハンサムだったという。ローラの話では、アパルトマンに有紀子をたずねてきた男は、日本人にしては彫りが深いマスクをしていたという。

ただ、ローラはその男を三十二、三歳と見ていた。境田邦広は、爆発で死んだという新聞記事では二十六歳となっていた。いささかひらきがありすぎる、という気はした。

車の窓から、サントノーレ通りという小さな標識が見えた。広い通りではなかった。高級品ばかりを並べたような店が並んでいた。矢口も名前だけは知っている、注文家具専門の店もあった。

やがて矢口は、見覚えのあるガルガンチュアというスーパーマーケットの看板を眼にとめた。彼はニコラに英語で聞いた。

「ここはぼくの泊っているホテルの近くではないのか？」

三度、同じことをゆっくりくり返して、意味が通じたらしい。

「そのとおりだ。ヤグチの泊っているホテルはモンタボー通りで、このもう一本向うの通りがそれだ」

ニコラは笑ってそう言った。

ガルガンチュアというスーパーマーケットの少し先に〈明石〉というおにぎり屋の看板が見えてきた。

だが、看板には明りがついていなかった。

「しまってるな」

ニコラが言った。車は明石の前に停まった。安っぽい構えの店だった。ちゃちな格子造りの入口のドアに、紙が貼ってあった。矢口は車から降りて、紙に書かれた文字を読んだ。

〈都合により三日間休業させていただきます〉

サインペンの丸っこい字で、そう書かれていた。添えられた日付は一日前のものだった。

矢口は落胆した。明後日までは三十二、三歳の日本人にしては彫りの深いマスクの持主についての手がかりは得られないことになりそうだった。

「明日まで休みだそうだ」

車にもどって矢口は言った。

「サンミシェル通りのヒガサのいるチャイナレストランにでも行ってみるか？」

ニコラはそう言ってくれた。

「近いのか？」

「ここからセーヌ河を渡ればすぐだよ」

「ヒガサに会って話だけでも聞いてみるか。何かわかるかもしれない」

シトロエンはすぐにまた、車体を痙攣《けいれん》させながら走りはじめた。

セーヌ河に浮かぶシテ島のほぼ中央あたりを越えたことになるらしい。

「あっちがノートルダム寺院だ」

橋を渡りながら、ニコラは左手を小さく上げた。寺院の明りは見えなかった。

橋を渡りきって少し行くと、ヒッピーふうの若者たちの姿が目立った。ヒッピー好みの装身具やバッグを並べた屋台があった。

ニコラは突然、車をとめて外に降りた。何も言わなかった。矢口は車を離れていくニコラの後姿を眼で追った。ニコラは一軒の屋台の前で何かを買うようすだった。

もどってきたニコラは、小さな紙袋を持っていた。焼栗だった。

「うまいよ。喰べてくれ」

袋ごとダッシュボードの上に置いた。片手で栗をつまんで口にはこびながら、ニコラは車を出した。

しばらく進むと、〈紅華〉という中華料理の店があった。ニコラは駐車の列に空きを見つけて、シトロエンを停めた。

紅華はテーブルが十卓余りの、小さな店だった。ばかに顔の色つやのいいチャイニーズドレスのふとった女が、レジに坐っていた。テーブルには白い布がかけてあった。

ボーイは二人しかいなかった。一人はベトナム人らしかった。もう一人がヒガサであることはすぐにわかった。彼のほうからニコラに笑いかけてきたからだった。ペレのアトリエでニコラが言ったとおり、ヒガサはちぢれ毛の、色の黒い小柄な青年だった。

ヒガサは矢口たちに寄ってきて、テーブルに案内した。

「たくさん喰べてくれ」

矢口はニコラに言った。ニコラはアワビのスープと八宝菜とエビのいため煮とを頼んだ。矢口も同じものにした。

メニューを受け取って去ろうとするヒガサにニコラが何か言った。フランス語だった。それを聞いてヒガサは矢口に日本語で話しかけてきた。

「ぼく、ヒガサです。日笠昭一《ひがさしょういち》というんです。昭和の昭に一、二の一です」

「矢口克巳と言います」

矢口は名刺を出した。

「なつかしいなあ。下條さんのご主人ですか。そうですか」

日笠は愛想のいい人間らしかった。メニューを脇にはさんで立ったまま、人のよさそうな笑顔になっていた。

「で、下條さんはご一緒じゃないんですか？　パリへは……」

「あ、ニコラは何も言わなかったんですか」

矢口はニコラを見やってからことばをつづけた。

「実は、有紀子が消息不明になったんです。東京でですけど……」

「どういうことですか、それ？」

日笠はきょとんとした顔になった。それから、思いだしたように卓を離れ、すぐにまた引き返してきた。料理の注文を伝えに行ってきたようすだった。幸い店には他に客が一組あるだけだった。

矢口はいきさつを簡単に話した。パリにやってきた目的も告げた。

「ぼくは下條さん——あ、ごめんなさい、もう下條さんじゃないんだ。奥さんだ」

日笠はちぢれ毛の頭に手をやった。

「いいんですよ、そんなことは」

矢口は苦笑して言った。

「奥さんとはメトロの駅で知り合ったんです。知り合ったと言っても、ぼくのほうから声をかけたんですけどね。奥さんが乗り換えの勝手がわからないようすだったので」

「なるほど……」

「それがきっかけで、この店にニコラなんかと一緒に、たまに来てくれるようになったんです。別にぼくと奥さんと特別に何かあったということはなかったんです」

「あったってかまわないんですけどね。ぼくと彼女が知り合う前の話なんだから」

「正直言って、ぼくは惹かれてたんですけど、ちょっとぼく、気まずいことしちゃったんです、彼女に……」

「どうしたんですか？」

「お金をね、ちょっと借りたんです。六十フランだったんです。日本円で三千円ちょっとですか。それ、約束通り返せなくて。それで顔合わせ辛くなっちゃって、それっきりなんですよ。お金は二ヵ月も遅れたけど、郵便で送って返しましたけどね」

日笠はまた頭を掻いた。矢口は日笠の率直さに好感を持った。

「日笠さんにうかがいたいんだけど、こういう日本人の男性に心当りはないですか？」

矢口は、クリニヤンクールの有紀子のアパルトマンに二度現われたという男の特徴を告げた。

「思い当る人はいないなあ……」

日笠は首をかしげた。彼を呼ぶ声が離れたところで聞こえた。日笠はテーブルを離れて声のしたほうに行った。

注文した料理がはこばれてきた。料理をはこび終えた日笠は、またすぐにテーブルを離れて、レジの所で電話をかけはじめた。電話は一ヵ所ではなかった。

しばらくして、日笠はもどってきた。

「パリに住んでいる日本人のことに詳しい知り合いがいるんですが、電話をしてみたらその人がどこにもいないんです。行きそうな場所に全部電話をしてみたんですが、つかまりませんでした。その人に訊けば、あるいはその男の人のこと、いくらかは判ると思うんですが、なんだったら、連絡とれ次第たずねてみて、矢口さんのホテルにでも連絡しましょうか」

日笠はそう言った。

「ぜひ、お願いします」

矢口は頭を下げた。しかし、あてどのない気分はつづいていた。行く先々で落胆が待っているような気がした。

5

つぎの日も収穫はなかった。

日笠からホテルに電話が入ったのは、朝の十時過ぎだった。

パリの日本人の消息に詳しい日笠の知人というのは、ヒッピーのような生活をしている中年の前衛画家だという話だった。彼も、三十二、三歳の、日本人にしては彫りの深いマスクを持った、流暢なフランス語を話す人物については心当りがない、という返事だった。

ニコラは午前十一時前には、ペレのシトロエンを運転してホテルにやってきた。だが、おにぎり屋の明石はその日まで休業しているのだ。矢口には行くべき所のあてもないし、訪ねるべき人の心当りもないのだった。

矢口はそれでも外出の支度をして、古ぼけたエレベーターでロビーに降りた。ニコラはロビーのソファに腰をおろして待っていた。矢口は、少し前にあった日笠からの電話の内容を伝えた。

「そういうわけで、行くとしたら、ベルギー人のマダムのいる画廊ぐらいしか、有紀子の話の聞けそうなあてがないんだよ」

「では、その画廊に行ってみましょう。人生には何ひとつ無駄はない――これ、ぼくのおやじの口ぐせなんだけどね」

ニコラは笑って言い、腕をひろげて肩をすくめてみせた。

「なるほど、人生には何ひとつ無駄はないか。ベルギー人のマダムに会ってみよう」

矢口は言った。ニコラはすでに立ち上がっていた。

ドイツ人と思える親子連れの四人が、ホテルの前でタクシーを停め、降りてきた。四人は玄関を入ってきた。ドアが開き、つめたい風が吹き入ってきた。

矢口は脇に寄って道を開けた。ドイツ人の一行のコートに細かな水滴がついていた。矢口は歩道に眼を投げた。歩道はうっすらと濡れていた。雨が降りはじめているのだった。

ニコラはホテルの玄関を出ると、シトロエンまで走った。矢口も走った。走りながら彼は思った。

有紀子のパリでのつき合いは、ベルギー人の画廊の店員との間のものがいちばん長かったのではないか。だとすれば、画廊の店員はあるいは何か手がかりになる話を有紀子から聞いているかもしれない——。

シトロエンの窓は、霧を吹きつけたように白くくもっていた。ワイパーがくもりを払った。ニコラは車を出した。

目当ての画廊はカムスという名で、クレベル通りの中程にあった。

ベルギー人のマダムはジネットという名前だった。よくふとっていた。

画廊には客は誰もいなかった。店主はいつもそうなのか、それらしい姿は見えず、店にはジネット一人だけがいた。

ジネットは矢口よりもいくらかましと思える英語を話した。彼女は矢口が有紀子の恋人だと知り、用件を聞くと、心配そうに眉を寄せ、矢口とニコラに壁ぎわの小さな椅子をすすめた。

「ジネットさんは有紀子とはいつごろ知り合ったんですか？」

矢口は早速、質問をはじめた。

「わたしがユキコと友だちになったとき、彼女はパリに来て二ヵ月目だと言っていました」

「そのままずっと、彼女がパリを離れるまでおつきあいがあったわけですね？」

「そう。ユキコが日本に帰ってしまって、わたしはずいぶん淋しい思いをしたわ。気持のやさしい、いい子だったもの。あたしたちが仲好くなったのは、ルーブルで何度も顔を合わせてたからなの」

「ルーブル美術館？」

「そう。わたしはルーブルが好きなんです。ユキコも好きだった。でも、あそこにある絵を全部見るには、たいへんな時間がかかるわ。ユキコはひまを見つけてはあそこに通ってたし、わたしもそうしてた。もっともわたしは、もう全部見てしまってるから、気に入ったものだけをたまに見に行くわけですけど。とにかくそうやって、ルーブルで何度も顔を合わせていたら、ある日ひょっこり彼女が、この画廊にやってきて、あら……というわけね。偶然だったの。それでいっぺんに親子みたいに仲好くなっちゃったの。もっとも親子だからって、みんながみんな、あたしとユキコみたいじゃないと思うけど……」

「有紀子はいろんな相談もジネットさんにしてたんでしょうね？」

「相談は二度だけでした。一度はミスター・ヤグチのことでした」

「ぼくのこと？」

「そうよ」

マダム・ジネットはそのときだけ、柔らかい表情になっていた。

「ぼくの何を有紀子はあなたに相談したんですか？」

「出会ってすぐに気持が燃え上がってしまった。自分でどうしたのかと思うくらいだ。こういうことって、女にはあるのかしら——ユキコはあなたとのことを、そういうふうにわたしに話してくれました」

「それはぼくだって同じことでした」

「そうだろう、とわたしは思ったの。いくら女でも、会った瞬間から一方的にそこまで気持が高まるということはないものよ。そこまでなるのは、きっと二人の間に通い合うものがはじめからあったからだわ。だから、あたしユキコに言ってあげたんです。自分を信じなさい。自分の情熱を信じなさいって」

「思いがけない介添人がいてくださったわけですね」

「もう一つのユキコの相談というのも、やはり男性とのことでした」

ジネットはそう言って、ふと眼を伏せた。それが矢口には、言いよどんでいるようすに見えた。

「ぼくに気づかいはいりません。どうか何でも話してください」

「ユキコはパリで二度、恋をしました。二度目の相手がミスター・ヤグチです。一度目の恋は、いい恋ではありませんでした」

「うまくいかなかったんですね？」

「ユキコはパリでさびしかったんだと思います。若い女性としては当然です。淋しさの余り、相手の不誠実なところが見えなかったんだと思います。これも若い女性にはありがちなことです」

「相手はどういう男だったんですか？」

「やはり日本人です。名前はミツヤス・タシロ――。たしかそういうふうにわたしは聞きました」

「パリに住んでる人ですか？」

「そのころは、ガイドをやってたようです。いまもパリにいるかどうか、わたしにはわかりません」

「そのタシロは、ユキコにどういう不誠実をはたらいたんでしょうか？」

「タシロはドンファンでした」

「ドンファン？　他にも女の人がいたんですか？」

「何人も……。その上ユキコは後では、タシロを怖がるようになっていました」

「どうして怖がってたんでしょうか？」

「それについてはユキコはわたしにも話しませんでした。なんでもユキコの亡くなったお父さんのことで、タシロが何か言ったらしいんです。それ以上のことはわたしも聞いていないんです」

「有紀子の父親のことをタシロが？」

「はい……」

「ジネットさんは、タシロにお会いになったことは？」

「二度ばかりあります。ユキコに、見てほしいと頼まれたんです」

「見てほしい、と彼女は言ったんですか？」

「そう言いました。ユキコはそのころはまだ無邪気でした。タシロが危険な男だとは思っていなかったのでしょう」

「タシロはどんな印象の男でしたか？」

「ドンファンらしく、チャーミングに見えました」

「日本人にしては彫りの深いマスクだという感じはうけませんでしたか？」

「たしかに彫りの深い顔です。上手なフランス語をしゃべっていましたから、フランスはもう長かったのかもしれません」

矢口とニコラは顔を見合わせた。ニコラの眼は、こう言っているように矢口には思えた。

(うちのおやじの言うことは当るだろう。人生には何ひとつ無駄はない……)

「タシロに何か心当りでも？」

マダム・ジネットは、矢口とニコラのようすを見てそう訊いた。

「有紀子の住んでいたアパルトマンに、二度ばかり訪ねてきた男がいるらしいんですが、その男にタシロの印象が似てるもんですから、同じ人物ではないかと思ったんです」

「ユキコのアパルトマンに訪ねて行ったのは、タシロです。まちがいありません」

マダム・ジネットははっきり言いきって大きくうなずいてみせた。

「そのとき有紀子は部屋にいなかったはずです。そうでしょう？」

「どうしてごぞんじなんですか？」

「ユキコはそのとき、わたしのアパルトマンに来てたのです。タシロを避けるためにね」

「なるほど」

「そのころはもう、ユキコはタシロが女たらしだと気づいて、遠ざかろうとしていたのです。わたしがタシロのことでユキコから相談を受けたのもそのころです。ユキコははっきりとタシロから逃げたいとわたしに言ったのです。だからわたしは、絶対に会わないことだ。二ヵ月も会わずに避けていれば、ドンファンはすぐにあきらめる——そう言ってやったんです。それで、休みの前の夜から、ユキコはわたしのアパルトマンに来て、休みの日の夕方に帰っていってたんです。わたしは一人ぐらしですから」

「その留守の間に、タシロがアパルトマンに有紀子を訪ねていってたわけですね？」

「タシロは同じアパルトマンに住むユキコのアトリエの仲間にまで、ユキコの行先をたずねたそうです」

「じつはそのアトリエの仲間の女性、ローラという人ですが、ローラから、アパルトマンに有紀子をたずねてきた男がいるという話を聞いたんです」

「わたしの言ったとおり、二ヵ月もしないうちに、タシロはユキコのことをあきらめたようです」

「タシロと有紀子の交際はどれくらいつづいたんでしょうか？」

「一年とはつづかなかったと思います。長くても一年ぐらいのものだったでしょう」

「タシロはガイドをしていた、とおっしゃいましたね？」

「日本人の観光客を専門に案内しているというふうに、わたしはユキコから聞きました」

「どこの旅行社で働いているのか、お聞きになったことはありませんか？」

「それは聞いていませんが、パリには日本人ガイドを雇っているツーリストは、そうたくさんはないんじゃないかしら。誰かタシロのことを知っている人が、旅行社の関係者の中にいるかもしれませんよ」

「そうですね。訊いてみましょう。有紀子は他に、絵の勉強にパリに来ている日本人の男との交際はなかったんでしょうか？」

「そういう話は聞いた覚えがないわ」

矢口は椅子から立ち上がって、マダム・ジネットの手を握り、ていねいに礼を述べた。

画廊を出ると、雨が本降りに変っていた。街並みは白い煙のように見える雨に包まれてくすんでいた。空気が刺すように冷たかった。

6

ミツヤス・タシロが、田代光安という男であるらしい、と判ったのは、マダム・ジネットと別れて四時間ばかり後だった。クリニヤンクールの有紀子のアパルトマンを訪ねた男が、境田邦広かもしれないという矢口の推測はくずれたわけだ。

カムス画廊を出た後、矢口はニコラに頼んでシャンゼリゼ通りの日本航空のオフィスにシトロエンを向けてもらった。

日本航空のオフィスには、田代光安のことを知っている人間はいなかった。だが、矢口はそこで、日本人のガイドを雇っている旅行社の事務所の所在をいくつか知ることができた。

その旅行社をすべて訪ねてまわったが、どこにも田代光安はいなかった。ただ、旅行社のひとつで応対に当った日本人の若い女性のガイドが、こういう話をしてくれた。

「ガイドといっても、正式に旅行社やホテルと雇用契約なり、専属契約を結んでいる人もいれば、アルバイトみたいにして臨時に仕事をしているような人たちもいるんです。アルバイトみたいにやっているガイドは、留学でパリにやってきて、そのまま居ついた人とか、絵画の勉強なんかでこっちで暮している若い人とか、そういう人たちが多いみたいなんです。で、そういう人たちに仕事をさせる旅行社というのは、日本から添乗員を同行させない、小さな規模の会社なんです。添乗員はつけないで、日本で飛行機にお客さんを乗り込ませて、こっちでそのアルバイトのガイドさんに、空港での出迎えや、バスの世話や、ホテルへの送り込みや、観光ガイドをさせるわけです。ですから、そういう人たちはガイドといっても一匹狼みたいにして仕事をしてますから、なかなか所在もつかめないわけです」

考えてみればありそうな話だ、と矢口は思った。彼はその話を聞かせてくれた女性のガイドに、一匹狼のガイドを何人か紹介してもらった。

その中の一人とうまく連絡がついて、彼が田代光安の名前を知っていることがわかった。賀川《かがわ》という三十すぎの男だった。

矢口は賀川の言った、エトワール広場の近くのカフェに出向いていって会い、話を聞いた。

夕方にはまだ間があったが、カフェは混んでいた。カウンターは、ビールやワインの立ち飲みをしている男たちでいっぱいだった。犬を連れている客もいた。犬は主人の足もとで、置物のように坐ったまま、おとなしくしていた。

「田代光安は、もうガイドはやってないはずですよ」

ソルボンヌ大学にまだ学籍があるという賀川は、ワインを飲みながらそう言った。アイロンのかかっていないシャツを、だらしなく着て、上から革ジャンパーをはおっていた。

「彼がガイドとして働いてたのは、一年半か二年ぐらいだったはずだなあ」

「いまはどこで何をしているか、わかりませんか？」

「ガイドを彼がやめてからは、会ってもいないし、噂も耳にしないんですよ」

「どうしてガイドをやめたんでしょうか？」

「みんなやめたがってますよ。つまらない仕事ですから。女好きなら別だけど。わかるでしょう、この意味……」

「田代氏はなかなかドンファンだったってことも聞きましたけどね」

「たしかにそういうところはあったな。フランス語がうまくて、ハンサムだったから、女にはもてたようですよ。でも、彼は女が漁《あさ》れるからガイドやるっていうほどばかな男じゃなかったな」

「ほう……」

「ある種の野心家でね。特に金儲けには熱心だった。そこがわれわれとちがうところでね。なんでも、高く売れる商品を掘り出したから、ガイドをやめるんだって言ってた、という話を聞きましたよ」

「なんですか、その商品というのは？」

「わかりませんなあ」

「田代というのは、パリにくる前は日本で何をやってたんでしょうか？」

「なんかの政治活動というか、学生運動をやってて、脱落して、ふらりとパリに来たようなこと言ってましたけどね。大学は建築科だったとかって話でした。郷里が秋田県だというのはたしかです。ぼくも秋田ですからね」

「秋田はどちらですか？」

「ぼくは能代《のしろ》のほうです。田代は雄勝《おがち》郡のなんとかって町だとか言ってましたなあ」

「なんという町か、おぼえていませんか？」

矢口は思わず見すえるような眼で賀川を見ていた。

雄勝郡といえば、有紀子の郷里も雄勝郡である。雄勝郡稲川町川連という所だ。

「雄勝郡の稲川町という所じゃなかったんですか？」

「稲川町……。そういう名前じゃなかったような気がするけど……」

賀川の記憶は曖昧だった。

「田代さんから、下條有紀子という名前をお聞きになったことはありませんか？」

最後に矢口はそう聞いてみた。賀川は首をひねった末に、その名を聞いたことはない、と答えた。

ホテルの前でニコラと別れたのは、午後六時近くだった。雨はやはり降りつづいていた。あとは、明日、おにぎり屋の明石が店を開けるのを待って、有紀子と親しくしていたという女の店員に話を聞くしか、手はなかった。

明石までは、ホテルから歩いても十五分ぐらいの距離である。矢口は別れぎわにニコラに言った。

「明日はひとりで明石に行ってみる。その上で、どこかに行くことになったら、こっちから電話をするから、それまでは来なくてもいいよ」

ニコラはうなずき、車を出しかけてから、窓を開けて声を投げてよこした。

「元気を出せよ。今日だって無駄じゃなかったじゃないか。ミツヤス・タシロのことが、いくらかは判ったんだし……」

「そうだな。人生には何ひとつ無駄はない。だいじょうぶだ。元気だよ、おれは。ペレとスタッフのみんなによろしくな」

矢口は言った。シトロエンは白い煙と悲鳴のようなエンジンの音を残して走り去った。矢口は細い雨に濡れたまま、それを見送った。ニコラのことばで、いくらか胸の中が温かくうるんでくる気がした。

部屋にもどる前に、矢口は食事をすませた。カクテルソースで喰べた生ガキとムール貝のスープがおいしかった。ワインが冷えていた体を温めてくれた。

部屋にもどって、バスタブに熱い湯を溜《た》めて入った。湯の中で体を伸ばし、深い息をついた。湯が体にしみるようだった。

田代光安か――。

矢口は声に出して呟いた。

郷里が秋田で、ドンファンで、金儲けに熱心な野心家で、元学生運動の活動家で、大学では建築科に学んだ男――。

田代と有紀子との恋は長くて一年間ぐらいのものだっただろう、とマダム・ジネットは言った。

『ユキコは後ではタシロを怖がるようになっていました。なんでもタシロが、ユキコの亡くなったお父さんのことで何か言ったらしいんです』

マダム・ジネットはそうも言った。

田代はいったい、有紀子に何を言ったのだろうか？

それがどうして有紀子を怖がらせたのだろうか？

田代は有紀子の父親のことを何か知っていたのだろうか？

判らないことが矢口には多すぎた。判らないことが多すぎるために、矢口には田代光安という男が、有紀子の失踪に何らかの形で絡んでいる気がしてならないのだった。

有紀子は父親がむごたらしい殺され方をした、としか聞かされていない、と話していた。すくなくとも矢口はそうとしか聞いていない。そして、有紀子が父親の死について、矢口に何かを隠し立てするなどとは思えなかった。

田代が、有紀子の父の死について、有紀子自身さえ知らないことを知っていて、それを聞かされたために、有紀子は田代を怖れるようになった——ということか？

謎はしかし、田代か有紀子か、どちらかに会ってただすしか、解きようはなさそうだった。

田代と有紀子が顔を合わせることがなくなってから、すでに二年半か三年ぐらいの歳月が過ぎていることになる。

その間に、有紀子はパリを引き揚げ、日本でアニメーターとしてデビューし、いくつかの内外の賞を受けて、一部ではフィルム・アーチストとして名前を知られるようになった。

その間、田代光安はどこで何をしていたのだろうか？

田代が有紀子の失踪にからんでいるとすれば、それはどういう目的によるものであろうか？

なにひとつ、矢口には判らない。推測をうる手がかりすら彼は持っていない。

だが、矢口は、パリまできて、ようやく何かひとつの手がかりらしいものに巡り合ったという気がしていた。

浴室を出ると、矢口は時計を見た。午後七時半になろうとしていた。日本は真夜中の時刻に当る。矢口は電話機にのばしかけた手を途中でひっこめた。

彼は東京新宿三光町の秋津の事務所に国際電話をかけようとしたのだ。

秋田県雄勝郡出身。年齢三十二、三歳。どこかの大学の建築科に学び、学生運動の経験があり、三年ぐらいまえまではパリで観光ガイドをやっていた男――。

これだけの漠然とした手がかりをもとに、矢口は秋津に田代光安の身許調査を頼んでみようと思い立ったのだった。

だが、真夜中に秋津は事務所にいるわけはない。いまごろは東中野の新谷京子のアパートで、京子とベッドで抱き合って眠りこけているにちがいない――。

矢口はそう思って、ひとりでに頬に笑いを浮かべた。

ホテルの部屋には冷蔵庫が備えつけてあった。中は小さく格子状に仕切られていて、ミネラルウォーターや、ビールやウイスキーやコーラの類が、それぞれの小さな仕切りの中に入っている。

仕切りについている小さな蓋をうっかり開けると、たとえ中身を飲まなくても、それだけで自動的にコンピューターが売り上げとして記録するから、あらかじめ蓋に示された品名表示をよく確認してから中身をとり出せ――そういう英文と仏文の注意書きが、冷蔵庫の扉に貼ってあった。

矢口は蓋の表示をたしかめてから、ビールとウイスキーを中から取り出した。ウイスキーをビールで割って飲むことにした。

折角、パリまでやってきたというのに、夜の町を歩いてみる気になど、矢口はなれなかった。むろん、雨が降っているせいなどではなかった。

三年前の冬、有紀子とめぐり合った土地だった。

有紀子は矢口とのなれそめのころの気持を、マダム・ジネットに『出会ってすぐに気持が燃え上がってしまった』と語ったという。

矢口はマダム・ジネットのことばを思い出して、胸がしめつけられる思いがした。

矢口が気持が燃え上がる思いをしたのは、有紀子と別れて日本に帰ってからだった。パリにいる間は、まだ旅先での行きずりの恋という思いがあった。

パリと東京に別れて日を送るようになってから、矢口ははじめて有紀子に本気で恋をしはじめていた。そういう自分の迂闊《うかつ》さを矢口は自分で笑った。笑いつつ、週に一度は必ず長い手紙をパリの有紀子に書き送った。

行きずりの恋という思いを抱きながら、パリにいる間は、毎晩のように有紀子と逢っていた。

短い冬のその二週間たらずの間の有紀子との逢瀬《おうせ》の数々の思い出が、同じパリのホテルにいまは一人いる矢口の胸を浸しはじめた。

マロニエの街並木は、どこもほとんど葉を散らしきっていた。散った葉が歩道の端で風に舞っていた。肩を寄せ合って歩きながら、有紀子がジョークを口にした。

『マロニエや葉っぱが散ればマルミエだ』

『マルミエって?』

『つまり、丸見えってこと』

『ああ、うんうん。おもしろいよ』

『クヤシイ。ばかにされた』

有紀子は肩にまわしていた矢口の手に甘く歯を当てた。

シャンゼリゼの並木の路のベンチで、二十分間、抱き合ってキスしていた夜もあった。

コンコルド広場で、有紀子のアニメーションのおもしろさについて話す熱っぽいことばを、二時間聞いて過した夜もあった。

どの夜も、有紀子はたしかに心を燃え上がらせているようすだった。

毎晩のように、矢口はクリニヤンクールの有紀子のアパルトマンの、屋根裏部屋のような部屋に泊った。

そこでも有紀子は情熱的だった。有紀子には、あるいは矢口が日本に帰れば、それっきり二人の仲が遠のいて終ってしまうのではないかという怖れがあったのかもしれない。

その怖れの余りに情熱はむしろかきたてられる、といったことだったのかもしれない。朝、ベッドの中で矢口が目を覚ますと、有紀子は必ずもう目覚めていて、横で矢口の顔に見入っているのだった。

それがきっかけのようにして、二人はそのまま、前の夜のつづきのような、激しい抱擁を交した。温かいベッドの中で、有紀子の体はいつも矢口にすばらしい歓びを与えてくれた。

矢口がパリを離れるという最後の夜も、二人は一緒だった。

夜明け、矢口は眼をさました。いつものように、横に有紀子のいくらか青ざめたような顔があった。有紀子はやはり眼をあけていて、矢口を見つめていた。その朝、有紀子の矢口を見つめる眼には涙の跡があった。

矢口は有紀子を抱き寄せてその眼にキスをした。有紀子の裸の乳房が矢口の胸を押していた。固い乳房だった。乳首がするどくとがっていた。

矢口はそこにも唇をつけた。有紀子は胸に矢口の頭を抱きしめたまま、上から体を重ねてきた。唇がふるえていた。有紀子の涙が矢口の頬に落ちてきた。

『忘れたくないの。だから……』

有紀子は唐突に言った。そのまま体を下にすべらせて行った。とがった乳首と固い乳房が、矢口の胸から腹に移り、太腿の上で止まった。

矢口は温かいもので自分が包まれるのを覚えた。軽いおどろきと、気持が甘く昂ぶるのを彼は覚えた。有紀子がそういうことをするとは思っていなかった。はじめてだった。

有紀子の舌はぎごちなかった。唇はひたすらな力で彼を吸っていた。ふくんだまま、彼女は狂おしげに頭を振りつづけた。矢口はその頭を静かに撫でながら、ふと、日本に帰りたくない、などと思った。

有紀子は矢口を放そうとしなかった。矢口はうろたえた。腰を引こうとしても、有紀子はその腰にしがみついてきた。矢口は自分がむごいことをしている気持を覚えつつ、たまりかねて果てていた。

有紀子は吸いつくした。矢口がすっかり鎮静するまで、彼を放さなかった。

『こうしたかったの。忘れたくなかったから、あなたを飲んでおきたかったの……』

有紀子はそう言った。

『忘れたくないのは、ぼくだって同じさ』

矢口は有紀子がしてくれたのと同じことをして返した。有紀子は拒まなかった。矢口の前で静かに体を開いた。

夜明けの光の満ちた部屋で、有紀子の体は鮮明な色合いを放って息づいていた。いとおしさが矢口の胸を満たした。

いま、ビールで割ったウイスキーを一人で飲んでいる矢口の胸にあるのも、あふれんばかりの有紀子への思いだった。

その思いはしかし、注ぐべき相手をいまは失っていて、やり場のないままに矢口の胸の中で重い渦を巻いている——。

7

つぎの朝、矢口は起きるとすぐに、国際電話で、東京の秋津と話をした。

秋津はうまいぐあいに事務所にいた。

「まさかこの電話、受信人払い《コレクト・コール》じゃないだろうな」

それが秋津の第一声だった。

田代光安のことを話すと、早速調べを始めてみると秋津は言った。

「出身県と名前がわかれば、おれみたいな有能な探偵さんには、もうすべてが判ったようなもんだ。東京には新しい事態は起きていない。金もないくせに無理して国際電話なんかかけやがって。切るぞ」

それで電話は切れていた。

矢口はホテルを出て、サントノーレ通りのおにぎり屋に向った。

ホテルから角を二つ曲がると、そこはもうサントノーレ通りである。

明石はまだのれんを出してはいなかった。だが入口の格子戸は少しだけ開いていた。格子戸の前には、汚れた水と雑巾《ぞうきん》の入ったポリバケツが出ていた。

矢口は格子戸を開けて中に入った。髪をセシールカットにした若い日本人の女が、カウンターの奥で振り向いた。女は店の掃除をしているところだった。

「すみません、十一時からなんですけど」

女は言った。矢口は頭を軽く下げた。

「食事に来たんじゃないんです。下條有紀子のことでお話をうかがいたくて、東京からきた者なんです」

矢口は言った。

「下條さん、どうかしたんですか？」

女はカウンターの端をくぐって出てきた。矢口は名刺を渡して名乗った。

「有紀子とは一緒に暮しているようなものなんです。ただ、二人とも仕事を持ってるものですから、結婚を先に延ばしてはいますが……」

「そうですか……」

女はあらためて、といった視線を矢口に向けた。表情が和んでいた。

「どうぞ。おかけになって……。あたし花江《はなえ》というんです」

花江は名乗り、テーブルの上にあげてあった椅子をおろして、矢口にすすめた。

「ここで働いていらっしゃるんですか？」

矢口は訊いた。花江はカウンターの中にもどって、茶の支度をはじめていた。

「前は働いていたんです。いまはオーナーみたいなものです。店を譲り受けたから……」

矢口はうなずいてから話を切り出した。

「じつは有紀子が三週間ばかり前に行方不明になりまして……」

花江は信用してもよさそうだった。だから矢口は、日本の新聞に出た程度のことに限って、有紀子の失踪の前後の経過を語った。

そして、田代光安のことを花江に訊いてみた。

「ガイドをしてた田代さんでしょう?」

花江はそう言った。

「ごぞんじなんですね?」

「この店のお客さんだったんです。有紀子さんも、ここで田代さんと知り合って、あの二人、たしかしばらくおつき合いがあったようですよ」

「それは知ってるんです。いま、田代さんはどこで何をしてらっしゃるか、わかりませんか?」

「日本に帰ったという話でしたよ」

「いつごろですか?」

「あたしが聞いたのはもう一年以上前です」

「どなたにお聞きになったんですか?」

「田代さんがよくここに連れてきてた女の人なんです。フランス人の……」

「なんていう人ですか、その人……。会えませんかね？」

「会おうと思えば会えますけど……」

なぜだか花江は口ごもった。

「パリにいらっしゃるんでしょう？」

「います。キキって名前の人ですけど、キキは娼婦なんです」

「田代さんは娼婦ともつき合いがあったんですか？」

「詳しいことはわからないんですけど、キキはいまでもときどきこの店にくるんです。そして、今年の暮は田代さんがキキを東京に呼んでくれるんだ、というようなことを言ってましたけどね」

「田代さんは東京で何をしてるんですかね、商売は？」

「キキの話では、なんでもジャーナリストになったんだとかってことでしたけど、よくはキキも知らないようすでしたよ」

「ジャーナリストとパリの娼婦か……。キキに会えば、田代さんの東京の住所なんかがわかりそうですか？」

「わかるんじゃないかしら。暮に東京に呼んでくれるって言ってるくらいだから、いまでも手紙のやりとりくらいはあるんでしょう」

「どこに行けばキキに会えますか？」

「ピガール広場のほうで稼いでるってことなんだけど、どこに行けば会えるのか、わたしは知らないんです。うちの主人が帰ってくれば知ってるんですけどねえ。いまちょっと出かけてるんです」

「何時ごろお帰りでしょう？」

「あと、一、二時間もすればもどると思うんですよ」

「では、お帰りになったら電話をもらえませんか。ホテルにいますので……」

矢口は渡した名刺の裏にホテルの電話番号と室番号をメモして返した。

ホテルに花江から電話がきたのは三時間近くすぎてからだった。花江はすぐに夫と電話を替った。たどたどしい男の声の日本語が受話器にひびいてきた。

「お金さえ出せば、キキとは簡単に会える。電話をすれば、キキがホテルまでタクシーで迎えに来て、彼女の部屋に案内してくれるだろう。望むならば、ボクがキキに電話をしてあげてもいい。パリジャンはそういうことについては親切なのだ」

花江は夫にどういう話し方をしたのか、と矢口は思った。矢口はためらいを捨てて、キキに電話をしてほしい、と花江の夫に頼んだ。

一時間半ばかりすると、また電話が鳴った。今度はすこしかすれたような女の声の、やはりたどたどしい日本語が受話器に送られてきた。

「わたし、キキです。あなたはヤグチさんですか。下のロビーにいます。黒のコートに黒のセーターに黒のパンタロンをはいています」

矢口は電話を切ってロビーに降りた。

黒ずくめの女がソファに膝を組んで坐っていた。栗色の髪をして、顎が小さくとがっていた。それがキキだった。

矢口が声をかけると、キキは笑って立ち、じつに自然に腕を組んできた。

タクシーの中で、キキは矢口に体をもたせかけたまま、無言でいた。車はピガール広場に向っていた。アスファルトの道が少なくなり、道幅のせまい石畳の道が多くなっていた。

車の停まったのは、窓に緑色のガラスのはまった一軒のビストロの前だった。あたりはいかにもモンマルトルに近い下町の感じがあふれていた。

キキは車から降りると、すぐにまた矢口に腕をからめてきた。ビストロに入るのかと思ったが、キキはその横の大きな木の扉を開けた。

石を敷いた短い道が中にのびていて、トンネルの入口のような、天井の丸い建物の入口に通じていた。

そこを入って階段を三つ上がると、そこがキキの部屋だった。

「ようこそ……。こんばんは。あたし、ニホンジンだいすきよ」

部屋に入ってドアを閉め、鍵をおろすと、キキはふり向いて言った。そしていきなり体を寄せてきた。厚い胸がセーターの下ではずんでいた。矢口はキキの腰を抱いて言った。

「田代光安の話を聞きたいんだよ」

「わかってるわ。ジャンから聞いてる」

ジャンというのは花江の夫の名前だと思えた。

「田代はいま東京らしいね」

「東京のセタガヤにいる。でも、田代の話、いまするると、だめね。気分が散るわよ」

キキはするするとコートを脱ぎ、セーターを脱ぎ、パンタロンを脱いだ。あっという間にパンティ一枚の姿になると、そのまままた矢口に腰をすりつけてきた。

「どうして気分が散るの？」

「あたし、ミツヤスのこと愛しているのよ。だから……。でも心と体は別よ。心配しないでいい」

キキは言いながら矢口を脱がせにかかった。矢口は胸の底で有紀子に詫びた。

キキの乳房は豊かな紡錘形を見せて、二つが揉み合うようにして揺れていた。黒いレースのパンティの下に、栗色のヘアがすけてのぞいていた。

そういうものを眼にして、矢口はやはり平静ではいられなかった。矢口は脱いだ。キキがベッドに誘った。

ベッドと小さなタンスと、ベンチのような長椅子があるだけの部屋だった。床には敷物もなかった。ドアの左側に、カーテンがかかっていた。その奥にダイニングキッチンやバスルームがあるようすだった。

ベッドに並んで横たわると、キキはすぐに厚い胸を重ねてきた。乳暈がくっきりと盛り上がっていた。直径が五、六センチはありそうな、紅紫色の乳暈だった。乳房はアーモンドの実を立てた形に似ていた。

矢口はその乳房に手を添えた。重々しいはずみ方をした。キキが笑った。笑いながら、キキは乳首で矢口の額や頬や唇や胸板をくすぐりはじめた。

膝を突いて起したキキの腰の中心に、栗色のヘアが見えた。丈の短い、肌にはりついたように生えているそれは、まるで柔らかい苔《こけ》か何かのように見えた。

矢口は頭をしばらく空っぽにすることにした。有紀子に対する気の咎《とが》めはまぎらせようがなかったが、やがてそれも彼の頭の中から消えていた。

矢口の胸をくすぐっていたアーモンド型の乳房は、やがて彼の腹に移り、そそり立った彼の体の上にとまった。

キキの低い笑い声がした。キキは矢口を乳房の間で捉えて揉んだ。乳房はすべらかで、ひんやりとしていた。

やがてキキはゆっくりとふくんできた。巧みな技だった。キキはおどろくほど深くふくんでは、勢いよく唇をすべらせ、舌を躍らせた。舌はまといついてきたかと思うと、つぎにはゆるゆると這うように動いた。

矢口は耐えられそうもなかった。気配を察したのか、キキは顔を上げた。自分からシーツに背中をつけ、両の膝に手を当てて大きく体を開いた。

栗色の苔のようなものにうすく覆われたクレバスが、ひどく長く深いもののように矢口の眼には映った。クレバスは中心に近づくにつれて、くすんだ色が薄れて、炎のように鮮やかな色に変っていた。

矢口はそこに体を埋めた。キキの両足が、矢口の背中のあたりで輪を結んだ。

キキは腰をゆすり上げながら、すぐに盛大な声をあげはじめた。まるでスイッチを入れたような唐突さだった。矢口は気分のそがれるのを覚えたが、それも長くはつづかなかった。

押しひらかれたキキの濡れた部分は、矢口のヘアを通して肌に触れていた。それが彼をひどくエロティックな気分にした。彼は思いきり深く埋め込み、そのまま果てた。

哀しみの里

1

世田谷区南烏山《みなみからすやま》二丁目×番ビレッジ烏山三二〇六号室——そこが田代光安の住まいだった。

キキの話によると、田代はそこに住みながら、ジャーナリズム関係の調査の仕事と情報収集の仕事をしている、というのだった。

それだけの収穫を手にして、矢口は東京にもどってきた。ごく短いパリ滞在だった。パリで有紀子と境田邦広が接触したかどうかについては、確かめることはできなかった。確かめようがないのだった。

パリから帰った日の夜、矢口と秋津と江西は、東中野の新谷京子のアパートの部屋で落ち合った。

　矢口が行ったとき、部屋には京子だけしかいなかった。秋津も江西もまだ来てはいなかった。

　ドアをノックすると、京子が顔をのぞかせ、黙って中に招き入れた。あいかわらずネグリジェを着ていた。顔には無愛想な表情しか見えなかった。

　矢口は短い挨拶だけして、部屋に上がり、畳の上に腰をおろした。台所のテレビはつけっ放しになっていた。歌謡番組を流していた。矢口は台所で横顔を見せている京子に声を投げた。

「秋津さんはまだなんですね」

「まだみたいね……」

　京子はそう言った。水割りを作る支度をしているようすだった。

　すぐに、酒びんやグラスや水さしや氷が、盆にのせられて運ばれてきた。京子はそれを畳の上に尻だけを落とす恰好で矢口の前に置いた。危うく太腿の奥が見えそうになって、矢口は眼をそらした。

　京子は黙って立ち上がると、ベッドの横に行った。ベッドの上にはジーパンやセーターが脱ぎすててあった。京子はジーパンを引き寄せておいて、ネグリジェのホックをはずしはじめた。着換えをする気と見えた。

　矢口は落ち着かなかった。彼も黙って水割りを作りはじめた。京子とは一メートルと離れていない。眼をやらなくてもようすがわかる。

京子はネグリジェの裾をひろげてジーパンに足を通した。白い太腿が矢口の眼の端で揺れた。やがてすぐに、ネグリジェが畳の上に落ちた。かすかな風が立って矢口の膝に当った。

京子は素肌の上にセーターをかぶった。

「ちょっと買物に出てくるから頼むわね」

矢口の前を横ぎって過ぎながら、彼女は言った。白いセーターに、かすかに乳首の陰が映っていた。

ドアの閉まる音を聞いて、矢口はなんとはなしに吐息をもらした。ほとんど同時に、横の窓が開いて、秋津が顔をのぞかせた。いきなりだったので、矢口はぎくりとした。秋津が笑った。

「買物に行くと言っただろう?」

秋津は窓から上がってくると、畳に落ちたままのネグリジェを拾い、それを小さくかざすようにして言った。

「聞いてたんですか?」

「聞いてなくったって判るんだよ。あいつ、妙な思い込みを持っててな。男と二人きりで部屋にいると、抱かれたくなるものと自分で自分のことを思い込んでるんだ。で、おれの友だちとそういうことになるのはいけないことだから、何かのはずみでそういう場面になると、買物と言って出て行くんだ」

「貞操の証しを立てようってんですね。いじらしいな」

「いじらしいんだよ、あの人は——。そのくせ、こうやっておまえの横で着換えをするんだ。辻褄《つじつま》があわないだろう。だからあの人は偉大なんだ。おれ、そういうの好きでね」

「秋津さんも偉大ですよ」

「あいつのおっぱい見たか。きれいなおっぱいしてるだろう？」

「見ませんよ、そんなもの……」

「おい、そんなものってなんだ。あのすばらしいおっぱいをつかまえて、そんなものとはなんだ」

「いいじゃないですか」

「田代光安っておまえ、ブラジャー仲間じゃちょっとした顔だってよ」

秋津はいきなりもう話を本題に変えていた。手は氷をわしづかみにしてグラスに放り込んでいる。

「ブラジャーってなんですか？」

「ブラジャー知らないのか。ブラック・ジャーナリズム。まあ暴露新聞なんだな」

「田代はそういう仕事をしてるんですか？」

「別に自分で新聞やってるわけでもないし、給料もらって記事書いてるわけでもないらしいが、要するに情報屋としては凄腕だって話だ」

「さすが調べが早いですね。ぼくがパリから田代のことを電話したのが三日前でしょう」

「時差ボケか。四日前だ。四日あればたいていのことは判る——と言いたいとこだけど、ちょっとついてたんだ」

「ほう……」

「信用調査やっている仲間の事務所に行ったら、たまたまファイルに田代光安って名が背表紙にあったんだ」

「へえ」

「訊いたら前に彼が大手の興信所の下請けで田代光安のこと調べたらしいんだ。どうもおまえの言ってる田代と同一人物らしいから、もうすこし調べてみたらやっぱりそうだ」

「現住所はどこになってますか？」

「南烏山だ。ビレッジ烏山ってマンションの三三〇六号室」

「そいつですよ。やっぱり同一人物です」

そこに江西がやってきた。ほとんど前後して、新谷京子が帰ってきた。京子は手ぶらだった。やはり買物に行くというのは部屋を出る口実だったらしい。

顔がそろったところで、矢口はパリで調べたことを詳しく話した。

「有紀子さんが田代を怖がってたというのはどういうことでしょうね？」

江西が一杯の水割りで頬を染めて言った。

「わからないんだ、それが。彼女はマダム・ジネットに何も言わなかったらしいんだ。ただ、田代が有紀子の父親のことで何か言ったらしいんだな」

「それで思い出した。これは案外、事件の根は深いかもしれないぞ」

秋津は言い、ベッドの上に脱いで置いてあった服をたぐり寄せた。ポケットから手帳を取り出して、ページをくりはじめた。

「これだ。田代の郷里は秋田県平鹿《ひらか》郡増田《ますだ》町というところの出身だ。増田町というのは、有紀子さんの郷里の川連のある稲川町の東北側に隣接している土地なんだ。昔ふうに言えば、隣村同士ってわけだ」

秋津はそう言った。

「隣村同士がパリでめぐりあった、ということですか……」

江西が感服したような言い方をした。

「有紀子さんのお父さんというのは、どういう死に方をしたのか、有紀子さんにもわかっていないんだな？」

「らしいんです。なんだかむごたらしい死に方だったらしいんです。殺されたということですけどね」

「それ、調べる必要があるな。矢口、おまえ秋田の川連に行ってこいよ」

「有紀子さんの失踪と、彼女の父親の死と、関係があるんでしょうか、やっぱり……」

「だから、それを知るために川連に行くんだよ。いやならおれが行ってもいいぜ。秋田は酒もいいし、美人の産地だ」

「いや、ぼくが行きます。だけど……」

「だけど何だ？」

「さっぱりわからないなあ。田代は有紀子の父親の何を知り、有紀子は田代の何に対して怯《おび》えたのか。田代は有紀子の失踪にどういう関わりがあるのか……」

「田代のことはおれと江西君に任せろ。ぴったりマークして動きを追ってみる。そのうち何かわかるさ」

「有紀子さんと田代が敵対関係にあるということだけは確かでしょうね？」

江西がグラスを揺すって氷を鳴らしながら言った。

「どうして？」

秋津が訊いた。からかうような口ぶりだった。江西は照れ笑いを浮かべて答えた。

「どうしてって聞かれると困るけど、有紀子さんはパリで田代のことをふったわけだし、それに、お父さんのことで何か言われて、田代を怖がってたという話だし……」

「そうなんだ。そうなんだが、田代って男はなかなか利口な男らしいんだ。利口な男だから何か狙うとしても、有紀子をいきなり拉致して消息を絶たせるというような荒っぽいことはしないんじゃないかって気もするんだ」

「まあ、先走るのはよしたほうがいいぞ。物事は簡単に考えたほうがいい。われらが偉人、新谷京子センセイを見習うんだな。あのお方なんか、テレビとセックス以外には価値をお認めにならない方だ。どんなややこしいことでも、簡単に考えられる才能を持ってらっしゃる。簡単に考えれば、有紀子嬢をどこかに連れ去ることで、誰がどんな儲けを手にすることになるかってことを問題にすればいいんだよ」

新谷京子はそのときも、台所の小さな食卓に頬杖を突いて、イヤホーンを耳にテレビに見入っていた。セーターの裾がめくれ上がり、ジーパンとの間に肌があらわにのぞいていた。江西がそっちに眼をやり、すぐに視線をそらした。

2

新谷京子の部屋で、秋津と別れた矢口と江西は、窓から出て隣の路地に抜けると、まっすぐに東中野の駅に向った。

矢口はパリからもどったまま、まだ三鷹の有紀子の部屋に行ってはいない。旅行鞄は東中野駅のコインロッカーに入れたままにしてあった。

ロッカーから二箇の旅行鞄を取り出すと、江西がその一つを手にさげた。江西は用心のために、しばらく夜だけ、矢口について三鷹の有紀子の部屋に泊ることになっていた。

三鷹の駅に着いたのは、午後十一時過ぎだった。マンションまでは歩いて十分ほどの距離である。駅前にはタクシーを待つ人たちの長い列ができていた。

荷物はあったが、矢口は歩くことにして江西を促《うなが》した。ほとんどいつも歩くのだ。

マンションの西隣は小さな児童公園になっていた。夜は人通りがめっきり減る。たまにタクシーが通るだけである。

公園の前に車が停まっていた。車の尾灯は消えていたが、前のほうにばかに明るい光が揺れていた。

「なんでしょうね？」

「なんだろう？」

矢口と江西はそう言い合った。

「車が故障したんだ。ボンネット開けて、ライトで調べてるんですよ」

近づいて、江西が小声で言った。たしかに開けられたボンネットの蓋の端が、車の屋根ごしに見えた。人の気配もした。低い何人かの話し声だった。車のエンジンのアイドリングの音も聞こえてきた。

矢口と江西は、その車の横を通りすぎようとした。

矢口は不意に顔のすぐ前に明りをつきつけられて、息を呑んだ。眼がくらんだ。横で江西がうめく声がした。

矢口もうめいた。いきなり腹を固い物ではげしく突き上げられていた。矢口は旅行鞄を下に落した。そのまま両側から頭を押えられた。頬に冷たいものが当てられた。刃物らしかったが、眼がくらんで見えなかった。相手が何人かもわからなかった。

「声を立てるとぶっ刺すぞ！」

低い声が耳もとでした。同時にライトが消された。江西が公園の中に引きずり込まれていくのがわかった。江西も刃物を突きつけられているのだろう。声を出そうとはしない。

矢口は自分の頭を押えているのが二人だとわかった。江西も二人に腕をつかまれていた。

矢口は恐怖で息が詰まっていた。

裸の有紀子の写真の乳房と、脱いであった服の左胸とを貫いていたナイフのことが頭をよぎった。

矢口は車の前に引きずられて行った。男たちは口をきかなかった。車の前で男たちは足を停めた。うしろのほうで車の走ってくる気配があった。ライトが近づいていた。刃物は左の脇腹に当てられていた。

男たちはボンネットの開いたままのエンジンルームの上に、矢口の上体を押しかぶせるようにした。知らない者の眼には、故障車のボンネットをのぞき込んでいるようにしか見えない光景だった。低速回転をつづけているエンジンの熱気が、矢口の顔を下から押し包んできた。

矢口は息を詰めた。走ってきた車のライトが、矢口と男たちの足もとをうすく染めはじめていた。矢口は冷静ではなかった。ただ、思いついたことを咄嗟にやっただけだった。

彼は肩を上げ、頭を下げた。額が熱いエンジンカバーに触れそうになった。ボンネットを支えている鉄の細い棒を肩で払った。

ボンネットが勢いよく肩に落ちてきた。それは矢口の両側にいる男たちの頭をかすめて肩に落ちた。

矢口は体を丸めたまま、右に飛んだ。車の急ブレーキの音がした。矢口は夢中だった。ナイフを持った左側の男の手にとびついた。停まった車のライトの中で、路面から跳《は》ね起きる男の姿が、矢口の眼の端をかすめた。

矢口はナイフを持った男の腕を捻じ上げた。ボンネットの上に叩きつけた。ナイフがボンネットの上をすべった。矢口はそれにとびついた。刃をつかんだ。指に痛みが走った。すぐに柄をつかみ直した。

公園の奥で乱れた足音がした。停まった車の運転席から人がとび出してきて怒声をとばした。

「危ねえじゃねえか、急にとび出してきやがってよう」

「うだうだ言うんじゃねえ。行け！」

道にころがってはね起きた男が、低い凄味のある声で言った。

「くそ!」

公園の奥で声がした。江西のものだった。

ナイフを奪われた男が、うしろから矢口の腰に組みついてきた。男は矢口の腰を両手でかかえて振り回そうとした。

「喧嘩ですか?」

車からとび出してきた男が、臆したような声を出した。

「行け、早く! もたもたしてると、車に火つけるぞ」

また低い男の声がした。

矢口はそれを聞きながら、腰を抱えている男の重ねられた手の甲にナイフを突き立てた。すぐに抜いた。男がうめき、膝を突いたのがわかった。

車のドアの閉まる音がした。車は走り出した。矢口はまだ腰を抱えている男の腕を振りほどいた。

膝を突いている男を蹴とばそうとした。が、そのひまはなかった。車を追っ払った男が無造作に寄ってきた。矢口が一瞬、怯《ひる》んだほどだった。男は何の構えも見せずに、つかつかと歩み寄ってきた。

矢口はナイフを低くかざした。男の顔色が変った。回り込むような動き方だった。矢口も同じ方に体を回した。

公園の奥で荒い息の音と砂利を踏むはげしい靴の音がした。肉を打つ不気味な音もひびいた。

左に回った男が不意に足を飛ばした。それはしかし、矢口への攻撃のためではなかった。手の甲を刺されてうずくまっている男に対してだった。

男は顔を蹴り上げられてうめいた。したたかなダメージを思わせる音がした。男は二度目のキックのモーションを見せた。

矢口はそれもうずくまっている男へのものと思った。男の体が不意に開いた。思いがけない角度から蹴りが飛んできた。

矢口は首を蹴られて息が詰まった。フェンダーに倒れ込んだ。ナイフは放さなかった。二度目の蹴りは低い位置から飛んできた。矢口は夢中で体をかわし、ナイフを振った。蹴りもナイフも空振りに終った。

矢口はもう一度、体をひねりながらナイフを横に突きだした。それが男の肩口を突いていた。重い手応えがあった。すぐにはナイフは抜けなかった。男の体が不意に重たくなった。男は車のフェンダーにうしろ向きになってもたれかかった。

矢口はナイフを引き抜いた。相手は横に駈け出した。矢口は車の前にまわった。手の甲を刺された男が額を地面にすりつけて身を揉んでいた。

矢口は男の脇腹を蹴った。男の体が横にくずれた。

公園の奥から人が走り出てきた。足音は二つだった。身構えた。走り出てきた男たちは、矢口には眼もくれなかった。いきなり車のドアを開けて、這い込むようにして乗り込んだ。

肩を刺された男が、すぐに駈けもどってきて、リヤシートのドアを開けた。

矢口は、足もとに倒れている男の襟首をつかんだ。車のライトがついた。矢口は必死に男の体をひきずった。男も路面を手足でひっかかんばかりにして這った。

その尻をかすめるようにして、車がとび出した。タイヤが鋭く鳴った。

矢口は車を眼で追った。ナンバー灯は点いていなかった。

「江西！」

矢口は男の襟首をつかんだまま、公園の奥の暗がりに声を投げた。

「くそっ！」

うめき声がした。矢口は男をひきずって公園の奥に行った。息がはずんでいた。

江西が足をふらつかせながら、歩いてきた。息が荒かった。

「だいじょうぶか？」

「ナイフはなんとか遠くに飛ばしたんだけど、二人が相手だから逃げられちゃった。矢口さんは？」

「一人つかまえた」

江西ははじめて、矢口がひきずってきた男に気がついたようすだった。

「くそったれが！」

江西は言うなり、男の脇腹を蹴り上げていた。

「やるじゃないですか、矢口さん」

言って江西はもう一度足を飛ばした。男の顎が鳴った。

「バッグ持てるか？」

矢口は言った。

「なんとか……」

「道に旅行鞄がころがってる。あれ拾って有紀子の部屋に行ってくれ」

「はい……」

「そして秋津さんに電話するんだ」

「東中野ですか？」

「だと思う。部屋の電話の横に、東中野と秋津さんのアパートと、両方の電話番号が書いてある」

「どう言いますか？」

「わけを話して車で来てもらうんだ。こいつをどこかに運んで口を割らせる」

「矢口さんは？」

「この公園の奥で待ってる。こんな荷物引きずって中に入って、人に見られたら危《やば》いからな」

「でも……」

「なんだ?」

「さっき、急ブレーキで停まった車がいたでしょう。あの車がどこかの交番か何かに知らせてるとまずいですよ」

「そうか……」

矢口はそのことを忘れていた。

「あの急ブレーキの音で、おれナイフ持ってる奴の手に噛みついて、落ちたナイフを遠くに蹴とばしたんですよ」

「仕方がない。こいつ上に連れ込もう。バッグだけ先にエレベーターの前まで運んでくれ」

「ついでにマンションの中のようす見てきます」

江西は片足をひきずるようにして駆け出して行った。

3

午前二時になろうとしていた。

「さあ着いたぞ」

秋津が小型トラックを停めて言った。

鮫洲《さめず》の海岸道路から品川《しながわ》側に少し入った所だった。人通りは絶えていた。車の停まったのは、民間車検場という看板のある自動車修理工場の前だった。

秋津はクラッチペダルから離した足を横に小さく突き出した。そこに人の頭があった。矢口が捕えた男の頭である。男はトラックの運転席の足もとの、せま苦しい場所に横たわった姿勢で押し込められていた。

シートに並んで坐った矢口と江西が、靴をはいた足で男の体を踏みつけていた。そのままの恰好で、三鷹から品川まで運ばれてきたのだった。二十五、六の男だった。

秋津が先に降りて、シャッターの鍵を開けた。暗がりの中で、シャッターの上がる音がひびいた。

秋津はゆっくりとトラックにもどってきた。運転席に乗ってきて、ギアをバックに入れながら彼は陽気な口調でひとり言のように言った。

「おれは女と寝てるところを、急用で叩き起されると気分が荒れる性分なんだ。この自動車修理工場の社長ってのは、おれが仕事の上でちょっと貸しのある男でね。ばかな野郎を一匹絞めあげなきゃならねえから、トラックと工場を貸せって言ったんだ。そしたら、社長が言うことがいいんだ。トラックと工場だけでなくて、おれも借りてくれってんだ。おれってのはおれじゃない。社長のことだ」

トラックは勢いよくバックして、工場のシャッターの中に入って停まった。

「どうしてあんたまで借りなきゃいけねえんだって言ったら、囲ってる女が若い男と浮気したってんだね。で、向《む》っ肚《ぱら》立って仕方がないから、おれが——このおれは社長じゃなくて、いまトラックを停めたこのおれだけど——そのおれが絞めあげる男ってのをぶん殴って、向っ肚を鎮めたいって、こうおっしゃるわけ。でもなあ、人の女の浮気のとばっちりでぶん殴られちゃ、こちらの方だってお気の毒だから断わってきたけどな」

秋津は言って、運転席からとび降りた。つづいて助手席の窓側に坐っていた江西がドアを開けて降りようとした。

「待て！」

秋津のするどい声が飛んだ。

「シャッター閉めてからだ、そいつを車から引きずり出すのは。ここの場所を知られたら女に浮気された社長に迷惑がかかる」

「すいません」

思わず、といった感じに江西が言った。

シャッターが閉められた。工場の中の明りがつけられた。中は広くなかった。乗用車が三台、奥に置いてあった。一台は作業台の上に乗って宙に浮いていた。大型トラックが壁ぎわに置かれていた。トラックの運転席は、屋根ごとごっそり起されて、下のエンジンルームがむきだしになっていた。

「さあいいぞ。ダンナに車から降りてもらえ」

秋津がシャッターの前でふり向いて言った。江西がトラックから降りた。矢口は運転席に体をずらして降りた。

男はトラックのシートの足もとにうずくまったまま、降りようとしない。

江西が足を引っ張ってひきずりおろそうとした。

「やめろよ。病人じゃないんだ。いい若い者なんだ。手を貸してやることはないぞ。ご自分でちゃんと降りていらっしゃるよ」

秋津が言った。

「ううっ！」

男は悲鳴のような声をあげた。トラックのダッシュボードの下のせまい場所で、両腕で自分の頭を抱え込んだ。

その手の甲の傷は、手首の所で止血してあった。

秋津が三鷹の有紀子の部屋に来る前に、矢口がタオルを裂いてきつく縛ったのだ。

「なんだ、はっきり言え！」

江西がどなった。近くに人の住んでいそうな家はなかった。あっても声が外に聞こえる心配はなさそうだった。

「止めてくれ！」

男は叫んだ。

「おれは何も知らないんだ。頼まれただけだ。ほんとなんだ！」

「その頼まれた奴のことを知りたいんだ」

矢口は言った。

「名前も何も知らないよ。歩いてたら仕事しないかって声をかけられて、車に乗せられたんだ」

「そうかい、そうかい。そうだろうな。よくある話さ」

秋津が離れたところから声を投げてきた。片手に板金用のグラインダーをさげていた。コードを引きずっていた。そのまま運転席に上がった。グラインダーのスイッチが入った。音で男が顔を起した。その顔が歪んだ。

「止めろ！」

男は叫んだ。這ったまままうしろ向きに車から這いだした。秋津は笑った。

すぐに矢口がつかまえた。引き起してトラックの荷台に肩を押しつけた。平手打がつづいた。男の顔が右に左に揺れた。

矢口は男の髪を両手でつかんだ。そのままはげしく前後に揺すった。男の後頭部がトラックの荷台を何回も叩いた。

「誰に頼まれておれを襲った？　誰なんだ、おまえにおれを襲わせたのは？」

矢口は男の耳もとで声を高くした。

「ほんとに、知らないんだ。新宿で声かけられて、金もらったんだよ。嘘じゃない」

「そういう子供だましの言い逃れが通ると思ったら大まちがいだぞ」

矢口は男の股間を蹴り上げた。腹を拳で突きあげた。

「矢口さん、替ろう」

江西が腕を伸ばして横から男の服の襟をつかんだ。男は荒い息を吐いて首を落している。手の甲に巻いたタオルの包帯が赤い。

江西は両手で男の襟をつかんだまま、体にはずみをつけた。男の腹に江西の靴の先が何度もめり込んだ。

「言わなきゃ腸が裂けるまで蹴るからな」

江西は凄んだ。

「ほんとに、名前なんかしらないんだよ。金もらって頼まれただけなんだってば！」

「テープレコーダーみたいに、同じことばかりしゃべってろ」

江西はまた蹴りはじめた。

矢口はそばのジャッキの台に腰をおろして、たばこに火をつけた。右手の四本の指先が痛んだ。ボンネットに落ちたナイフを拾うとき切った傷だ。タオルで巻いてある。傷は深くはないがちりちり痛む。

その痛みが怒りを呼んだ。はじめて捕えた獲物だった。何がなんでも泥を吐かせる——矢口はそう思っていた。

「あんたねえ、早くしゃべっちまったほうがいいよ……」

秋津はトラックの助手席に坐って言った。体は外を向いている。ステップに足をつけ、片手が開いたドアを押えていた。

「この人たちはシロウトだからまだやさしいんだよ。でも、おれはやさしくないよ。グラインダーで人相のっぺらぼうにするよ。それがいやなら早くしゃべるんだね」

「知ってりゃしゃべるよ。誰だって痛い目にあいたくはないだろう」

「判ってんじゃないの」

秋津は言って助手席から降りた。江西を押しやるようにして男から離した。

「こっちおいで……」

秋津は男の首に腕を巻きつけて脇に抱えた。工場の奥に歩きだした。矢口と江西が後につづいた。矢口は秋津が何を考えているのかわからなかった。

「あんた、名前はなんていうの？」

歩きながら秋津が訊いた。

「宮川《みやがわ》っていうんだ」

「いい名前じゃない。どこに住んでる？」

「友だちんとこ転々としてるんだ」

男の声はふるえていた。

「住所不定ってわけか。恰好いいじゃないよ。仕事してないの？」

「家具会社で配達やってたんだけど、事故起して免許停止になったから、やめちゃったんだ。働くのばかくさくって」

「もう働く気、ないんだ、あんまり」

「アルバイトでなんとか喰っていけるから」

「今夜、三鷹に人殺しに雇われたのもアルバイト？」

「ほんとなんですよ。おれ、あいつ、どこの誰だか知らないんですよ」

「そう。困っちゃうねえ」

秋津は足を停めた。奥の壁ぎわだった。横に長い油じみた作業台があった。作業台の端に万力が固定してあった。

秋津は万力のハンドルの棒を手で叩いて勢いよくまわした。閉じていた万力がゆっくりと開いた。

秋津は男の顔を見て声を出さずに笑った。男の眼がひきつった。叫んだ。

「止めてくださいよ！」

「まだ何もしてないじゃないよ」

秋津は言った。

矢口は軽い悪寒《おかん》を覚えた。万力にはさまれた男の手がつぶされるようすを想像したのだ。しかし容赦する気は彼にはない。男に口を割らせれば、有紀子を探し出す大きな糸口になる。

不意に男が叫んだ。息が荒くなった。秋津は男の左手の指先をつかんで逆に取っていた。そのまま男の手は万力にはさまれた。

「止めろ！　くそ！　止めてくれ！」

「まだそんなわめくほどは締めてないよ」

秋津はばかにのんびりした声で言った。万力のハンドルをゆっくりと回した。男の体が跳ねた。

「これくらいで少し痛いぐらいかな？」

秋津はハンドルを停めた。回す代りに手刀の要領でハンドルを軽く叩いた。そのたびに男はうめいた。

「言わなきゃ手の骨バラバラになるまで締めるぞ……」

矢口は寄っていった。男の髪をつかんで顔を引き起した。男は涙と涎《よだれ》を流していた。頬には工作台の油汚れが付いていた。

「ほんとに、名前知らないんです。飲み屋で知り合っただけの男なんです」

男は泣きながら言った。秋津が万力のハンドルを押し下げた。締められている男の手指が、信じられないほど逆に反った。

「さっきは街で声をかけられたと言ったなあ。今度は飲み屋か。絞るといろいろ出てくるじゃないか」

秋津は平然とした顔でさらに万力を締めた。男は工作台に額をすりつけた。足がコンクリートの床を強く蹴っていた。

「どこの何という飲み屋だ？」

矢口は訊いた。

「新宿の西口に、三好《みよし》って赤ちょうちんがある。東口に抜けるガードの下のトンネルの入口にある店だ」

「他の奴らは？」

「知らない。あんたが肩を刺した男、あれがおれを誘ったんだ」

「なんと言って？」

「荒っぽいが金になる仕事があるって。それだけしか言わなかった」

男の息は苦痛のためにふるえていた。万力にはさまれた手は、つながった一つの手とは思えない妙な形に歪んでいる。

「たしかもう一本、手があったな」

秋津が言った。男ははげしく首を振った。

「おれは嘘はついてない！　信用してくれよ！　でたらめなんかじゃないんだ」

「信用してやりたいけどなあ……」

秋津は万力をゆるめた。男の体が床にくずれ落ちた。男は小便をもらしていた。ズボンが濡れて臭った。

「手だけつぶれたんじゃ不服らしいな。他のに変えよう」

秋津が言った。彼は男を立たせた。置いてある乗用車の横に連れていった。

「ジャッキで車のケツ上げてくれ」

江西に言った。江西は青い顔になっていた。三鷹の公園での立ち回りで顔を殴られた跡のせいではなかった。唇まで白く粉を吹いたようになっている。

江西はジャッキを押してきて、乗用車のデファレンシャルギアのカバーに当てた。ハンドルを押して車のうしろを浮かした。

「いいだろう。そこに寝ろ」

秋津は男の足を払って転がした。

「殺してくれ！　ちきしょう」

男はわめいた。

「殺してやりたいが、そうもいかない」

秋津は車の下に男を蹴り込んだ。すぐに脛《すね》を押えた。男は宙に浮いた車の後輪の下に仰向けにさせられた。

「よし。エンジンかけてくれ」

秋津が言った。矢口は運転席にまわってドアを開けた。ハンドブレーキを引き、ギアを抜いた。エンジンをかけた。アクセルを吹かした。

「いいぞ。ジャッキおろせ」

秋津が叫んだ。男も何か叫んだ。江西はますます青い顔になった。唇を咬《か》み、ジャッキをゆっくりおろしはじめた。

車輪が宙で回っていた。回りながら男の喉のあたりに近づいていく。男はもがいた。叫んだ。秋津は顔色を変えなかった。男の脛の上に腰を据えていた。

矢口はアクセルをゆるめなかった。江西はジャッキをおろしつづけた。男はもう声を出さなかった。眼を固く閉じていた。タイヤが男の顎の先をかすめた。男の体がかくんと揺れた。江西がジャッキを停めた。矢口はアクセルをゆるめた。

「面の皮めくれないうちに、素直になったほうがいいんじゃないか?」

秋津が言った。

「ほんとに、三好って新宿の飲み屋で誘われただけなんだ。三好に行って訊いてもらえば分るよ。誘った男は三十過ぎぐらいの、色の白い男だ。三好のおやじとは知り合いだったみたいだ」

男はそう言った。

「ばかだよ、おまえは。ばかはおれは好きだけど、おまえはおれの嫌いな種類のばかだ」

秋津は吐き出すように言い、男を車の下から引きずり出した。

4

秋田県雄勝郡稲川町——。

奥羽山脈の西麓、横手《よこて》盆地の南東部にある人口一万三千人たらず、戸数三千たらずという町である。

近くを雄物《おもの》川の支流、皆瀬《みなせ》川が流れているが、町は三方を山で囲まれている。川連の漆器、仏壇、稲庭《いなにわ》のうどんなどの特産物があるが、町の産業の主体は農業である。

矢口が有紀子の郷里、稲川町の川連に向ったのは、パリから帰った四日後だった。

鮫洲の自動車修理工場で拷問にかけた宮川という男は、秋津の判断で放すことになった。

左手の甲を万力でつぶされていた。顎と唇は、回転する車の車輪で皮がむけていた。

そこまでされても、宮川の言うことは変らなかった。宮川は自分を雇った男の名をほんとうに知らないのか、知っていても口を割らないのか——判断はむずかしかった。

結局、秋津は宮川を放そうと言った。放して動きを見ようということになった。宮川をマークするために、秋津は同業の仲間の手を借りる、と言った。

鮫洲で宮川はふたたびトラックのダッシュボードの下に押し込まれた。彼が放されたのは、品川駅の近くの陸橋の上だった。

陸橋の下にトラックを停めた秋津は、江西に言いつけて、宮川の上衣《うわぎ》を脱がせ、頭からすっぽりかぶらせた。そのまま車からおろして陸橋の上に連れていった。

午前三時だった。江西は男を放すとトラックにもどるふりをして、陸橋の下に残った。トラックは走り出した。

宮川は二十分ばかり陸橋の上にうずくまっていた。持ち物は調べてあった。宮川は身許を示すものを持っていなかった。金も二千円足らずしかなかった。

陸橋を降りた宮川は、そのまま品川駅に向ってふらふらと歩き出した。江西は距離を置いて跡をつけた。

結局、宮川は始発の京浜東北線で川口《かわぐち》まで行った。川口の駅から歩いて十五分ほどのアパートの一室が、彼の住まいだった。ドアに宮川という名札があった。それを突き留めて、江西はもどってきた。

その日の朝から、宮川には秋津の同業のプロの尾行者がついた。宮川は傷の手当に近くの病院に通う他は、アパートを出なかった。

宮川の動きをつかむ仕事と、田代光安の身辺を調べる仕事を秋津に頼んで、二日後に矢口は川連に向ったのだった。有紀子の父親の死の事情を調べるためである。

川連のある稲川町は、奥羽本線の湯沢駅か、十文字《じゅうもんじ》駅からバスか車で入るしかない。湯《ゆ》沢《ざわ》駅からも、十文字駅からもバスで三十分ほどの距離である。

上野《うえの》から湯沢までは特急で六時間である。矢口は朝、上野をたって、夕方近くに川連に着いた。湯沢からはタクシーに乗った。タクシーは山間の道を走った。文字どおり山に分け入る、といった感じだった。降雪期は二メートルほど雪が積もる、と運転手は言った。

川連は山懐に抱かれた静かな里だった。冬枯れのはじまった田んぼが広がっていた。山裾に山を背負う形に人家が点在していた。

旅館は二軒しかなかった。予約はしてあった。矢口は旅館の前でタクシーを降りた。

玄関に立ち、大きな声を二度かけて、やっと返事があった。品のいい顔立ちの若い女が出てきた。物腰が客馴れしていない初々しさを示していた。

部屋は二階の奥の和室だった。窓を開けると眼の前に迫るような山肌が見えた。窓の下は駐車場に使われているらしい空地だった。仏壇屋の名前のあるトラックが停めてあった。東京の騒音に馴れた耳には、まるで人の棲んでいない里のように、物音が絶えた感じだった。

茶と菓子が運ばれてきた。玄関に出て部屋に案内してくれたさっきの若い女だった。訊くと女は旅館の主の妹だと言った。有紀子よりは五、六歳年下と思えた。

「下條有紀子さんていう人、知ってる？　この川連の人なんだけど」

矢口は訊いてみた。

「知ってます。アニメーションで立派な賞をもらわれた方でしょう？」

「川連ではみんな知ってますか？」

「はい。でも、下條有紀子さんはいま行方が知れないとかって……。新聞にも出てましたけど」

「そっちのほうでも彼女は地元で有名人になってるみたい？」

「はい……。お客さまは下條さんとは？」

「ぼくは写真家だけど、下條さんとは仕事の仲間でね。彼女の行方を探してるんですよ」

「でも、下條さん、川連には帰っていらっしゃらないと思いますよ」

「どうして？」

「どうしてって……」

相手は口ごもった。軽い困惑のようすである。

「蒔絵を習ってた河合慎造《しんぞう》さんの家をとびだしちゃったから？　それとも、川連にはもう身寄りがないから？」

「お客さん、なんでもよくごぞんじなんですねえ」

「だって、親しい仲間なんだもの」

「ほんとう言うと、下條さんのこと、川連ではあまりよく言う人、いないんです」

「どうして？」

「どうしてか、あたしもよく判らないんですけど、みんなの期待を裏切ってここを出て行った、と思われてるみたいなんです」

「蒔絵の修業を放ったらかしたから？」

「輪島《わじま》塗りとか、春慶《しゅんけい》塗りとか、津軽《つがる》塗りとかにくらべて、川連漆器というのは、まだまだ知られてないんですね。むしろ仏壇なんかのほうが有名で」

「ぼくも下條さんとパリで知り合うまでは川連という地名さえ知らなかった」

「ですから、下條さんみたいな若い、しかも才能のある女性の蒔絵の技術者が出てきて、七百年の伝統を持つ川連漆器に新風を吹き込んでくれることを、この町のおとなの人たちは期待してたんじゃないでしょうか？」

「なるほどね。それが漆の絵を使ったアニメーションなんかのほうで有名になっちゃったから、伝統を他に盗まれたような気がするのかな？」

「そうかもしれません……」

「あなた、下條さんのお父さんのこと、何か聞いてませんか？」

「さあ……。どうしてですか？」

「いや、ちょっとね。どういう人だったのかな、と思って……」

「なんでも、昔、人に殺されたというのは聞いてますけど……」

「どうして殺されたのか、知っている人はいないかしら？」

「年とった人たちは知ってると思いますけどねえ。たとえば下條さんが住み込んで蒔絵を習ってた河合英一さんのお父さんぐらいの年代の人たちならば……」

「河合さんのうちはこの近く？」

「小さな町ですから、みんな近いですよ」

相手は笑って言い、河合慎造の家の場所を教えてくれた。

矢口は茶を飲んだ後で、旅館を出た。河合家を訪ねるつもりだった。

河合慎造は、七年前の夏の夜、酔ってけだものになり、有紀子を力ずくで犯した男だった。その息子の英一は、有紀子がはじめてほのかな恋心を寄せた相手である。

その二人の男の住む家を訪ねることは、矢口には気の重い仕事だった。

だが、有紀子の父の非業と思われる死の事情を知るには、とりあえず河合慎造あたりに話を聞くしかないのだった。矢口には川連に他に知り合いはないのだ。

縁もゆかりもない男が東京からやってきて、三十年近くも前の一人の男の死の事情を聞きたいと言っても、町の人たちがさらりと口を開いてくれるとは思えなかった。有紀子の死んだ両親の親戚を訪ねまわるという手もある。だが、矢口はその親戚の中の誰一人とて知らない。知らない相手がたずねて行っても胡散《うさん》くさい眼で見られるのがおちだろうと思えた。

最悪の場合は、矢口は河合慎造を脅迫する肚を固めていた。有紀子を犯したことを息子の英一に明かすと言えば、河合慎造は苦しい立場に立つことになる——。

道は簡易舗装がしてあったが、せまくて入り組んでいた。傍に薄板を積みあげたり、丸太が積まれていたりする家が目立った。小屋の奥でモーターが唸っている家もあった。漆器の木地の材料を作っている家と思えた。

間口の広い仏具店や、漆器を売っている店も何軒かあった。どの店もひっそりとしていた。漆器は椀や盆や重箱などがほとんどのようだった。

空は暮れはじめていた。山が薄闇を生みはじめていた。

ここが有紀子の生れ育った土地だ——矢口はあらためて思って、遠くの山に眼を投げた。入り組んだ道を歩く有紀子の子供のときの姿を想像しようとした。像《すがた》は浮かんでこなかった。所詮は、矢口にとってそこは見知らぬ里だった。そして、有紀子にとってもそこは心に染まない異郷にひとしい土地となっている。

漆の匂いの中で生れ育ち、父も志したという漆芸の道に進み、山に囲まれたこの里で蒔絵師として生涯を終えようと思いきめた時期も、有紀子にはあったのだ。

そう思うと、矢口は有紀子の心の奥底にひそむ痛切の思いに触れる気がして、胸が疼いた。

少し進むと山にふさがれ、少し行くと冬枯れの田んぼに出る、といった感じの小さな町だった。ひとまわりするのに、いくらも時間はかかりそうもなかった。

河合慎造の家は、質素な木の門をしつらえた、目立たない平家だった。生け垣ごしに見ると、庭も家もずいぶんな奥行きが感じられた。

家の場所だけを確かめておいて、矢口はいったん旅館にもどった。時刻はちょうど夕食時にかかろうというところになっていた。初めての家をいきなり訪ねようというには、気のひける頃合である。

旅館で湯に入り、部屋で食事をした。地酒の銚子を一本つけてもらった。滅多に日本酒を飲まない矢口だが、地酒のこってりした感じを、さほどいやとは思わなかった。

食事をはこんできたのは、別の女だった。顔が最初に部屋に案内して茶を入れてくれた若い女によく似ていた。

「おかみさんですか?」

矢口は訊いた。

「そうです。田舎料理でろくなものはありませんが、どうぞ召し上がってください」

おかみは少し秋田の訛りのあることばつきで言った。

「お客さん、下條有紀子さんのお知り合いの方ですとか……」

「仕事仲間なんですよ。ぼくはカメラのほうなんです」

「やっぱりアニメーションのほうで?」

「ええ、まあ……。下條さんほど有名じゃないですけどね」

「ほんとに、下條さんは偉くおなりになって……。でも、どうなさったんですかねえ、行方が知れないなんて、まあ……」

「ぼくらにもさっぱりわけが判りません」

「あの方、川連を出ていかれるときも、なんだか突然で、しばらくはお母さんにも行方が判らなかったって言いますからね。こんな田舎に育って、アニメーションとかで有名になる方だから、どこか並の人とは違ってるんでしょうかねえ」

「そんなことはないと思うんですがね。ただどうも、いろいろ調べてみると、今度の彼女の行方不明には、何か彼女のお父さんのことが絡んでるんじゃないかと思われるところがあるんです」

「それでお客さん、川連においでになったんだそうですね」

「どなたか、事情に詳しい人、いませんかねえ?」

「なにしろ三十年近くも前のことでしょう、下條さんのお父さんの亡くなられたのは……」

「らしいですねえ。殺されたというんでしょう? 当時は新聞種にもなったでしょうが……」

「騒ぎだったと思いますけどねえ。わたしは子供だったから憶えていませんけど。おそろしい話です……」

おかみはそういうと、部屋を出て行った。

5

矢口の声で玄関に出てきたのは河合英一だった。

英一は矢口を見ると表情を固くした。何も言わずに、矢口の前に立った。眼が揺れていた。

「突然、夜分にうかがいまして恐縮です」

矢口は頭を下げた。英一は中途半端に腰を折ると小声で言った。

「有紀ちゃんの居所がわかったんですか？」

「それがまだなんです」

「じゃあ、東京から何しに？　わざわざおいでになったんでしょう？」

「お父さまにお目にかかりたいと思いましてね。おいでになりますか？」

「父に？」

英一は怪訝《けげん》な顔になった。奥で若い女の声がした。英一は振り返った。

「お客さん？　あなた……」

セーターにジーパンの女が廊下の先ののれんを分けて顔をのぞかせた。矢口は頭を下げた。

女も曖昧に会釈を返した。そのまま、また奥に引っ込んだ。

「奥さんですか？」

矢口は訊いた。英一は固い表情のままうなずいた。

「よかったですね。いつ結婚なさったんですか？」

矢口は思わず表情のゆるむのを覚えた。英一はその問を無視して言った。

「父にどういう用があるんですか？」

「有紀子の父親のことをうかがいたいと思ってやってきたんです」

「有紀ちゃんのお父さんのことをですか？」

「彼女の今度の失踪には、どうも、彼女の父親の死が、何か関係がありそうなんです。とにかく、お父さまに取次いで下さいよ」

矢口はいつまでも玄関で立話をしようとする英一に、少しばかりじれてきた。

英一は黙って奥に行った。それっきり五分ほど、彼はもどってこなかった。その間、矢口は玄関で待つしかなかった。誰も出て来ないのである。

「どうぞ」

やがて英一が、のれんのところから声を投げてよこした。

長い廊下を二度曲がって奥に進んだ。途中で漆の匂いを矢口は嗅いだ。親子の仕事場にあてられた部屋の前を通ったらしい。その部屋はまた、かつて有紀子が伝統工芸の漆に打ち込もうとして修業にはげんだ部屋であり、英一に対するほのかな想いを育てていた部屋でもあった。矢口はまた胸の疼きを覚えた。

離れの広い十畳ほどの座敷に、矢口は通された。床の間に誰かの書が懸《か》けてあった。横の書院窓の前には、漆塗りの衝立が立っていた。河合慎造の作なのだろう。漆黒の地に小さな蒔絵の梅の枝と花が散らしてあった。

英一はそこに矢口を通すと、黙って出て行ってしまった。

入れ替りに英一の妻が茶をはこんできた。彼女は短い挨拶をすると、隅の石油ストーブに火をつけて、炎を調節すると出ていった。廊下に足音がしたのは、その五分後だった。

和服の上に毛皮のついた袖なしをはおった河合慎造は恰幅がよかった。髪は白いものがめだったが、肌の色つやはよかった。六十そこそこと見えた。

この男が七年前に有紀子を女にした――そう思うと、矢口は胸が詰まる気がした。

河合慎造は座卓をはさんで向き合うと、胸の前で腕を組んだ。矢口は初対面の挨拶をした。相手は口をつぐんだままでいた。とっつきにくい表情は、部屋に入ってきてからも変らない。

矢口は来訪の目的を告げた。

「あんた、有紀子とずっと同棲のようなことをしとったそうですな」

それが河合慎造の最初のことばだった。声は野太く、ことばには強い東北訛りがあった。

矢口はいささかむっとした。しかし彼は感情を殺して答えた。

「ゆくゆくは結婚しようと、二人で決めております」

「そりゃ結構だ。しかし、わたしはあの子にはいい思いを持ってはおらんのですよ。あれは何の挨拶もなしにわたしの所から逃げ出して、漆絵なんかを使ったつまらん映画のほうで名を売っとる女です。漆絵といったって、あんなもんにろくな絵は描けるはずもないがね」

河合慎造は歯に衣を着せなかった。矢口も覚悟をきめた。

「黙って有紀子があなたのところを出て行ったたについては、彼女にもそれなりの理由があったんだと、ぼくは思ってますがね」

矢口は河合を正面から見すえて言った。河合の眼が束の間揺れた。しかし、すぐにその顔には傲岸《ごうがん》な表情がもどってきた。

「そんなことを言いに、ぼくは川連に来たんじゃないから、それはまあいいでしょう。とにかく、彼女の父親のことを聞かせてくださいよ、河合さん……」

「有紀子の父親のことと、あいつの今度の行方不明と、いったいどういう関係があるんです？」

「はっきりは判らないんですが、とにかくぼくにはそんな気がしてならないんです。失踪の理由が皆目わからないから、あらゆることを想定して、それを調べていくしかないんです」

「有紀子の父親は、左翼の私刑《リンチ》で殺されたんだよ。そういうことになっておる」

河合は胸の前で組んだ腕の間に、顎を埋めるようにして言った。低い声だった。

「そういうことになっておる、とはどういう意味ですか？」

矢口は聞き咎めた。

「真相はいまだに判らんのです」

「どういう状況だったんですか？」

「わたしは、有紀子の父親——これは下條友和《ともかず》という名でしたが、これとは同じ中学に行きましたし、年も同じだから、交際はあったんです。それに下條の家も代々漆の仕事をしてきとったからね。向うはずっと沈金をやっとったが。けど、下條が政治運動をするようになってからのことはよく知らんし、あれがどんなぐあいで死ぬことになったかは、世間で知っとる程度のことしか、わしも知らんのです」

「殺されたのは、この川連ですか？」

「夏じゃったが、皆瀬川の川っぷちに死体が棄てられとったのを、草刈りに出た農家の人が見つけて騒ぎになったんです」

「むごたらしい死に方だったそうですね？」

「顔が倍くらいに脹《は》れ上がって、頭を割られとったらしい。全身、打撲の跡で、内臓も破れとったという。当時の新聞にはそう出とったですな、たしか」

「それで、その左翼組織の私刑《リンチ》で殺されたというのが、当時の警察の発表なんですね？」

「そうなんだが、その左翼のほうじゃ、警察のでっち上げだという反論を相当にやったですね」

「私刑じゃないというわけですね？」

「内部でスパイ活動をしたという名目で私刑を受け、殺されたというのが警察の主張でしたがな」

「真相がいまもってはっきりしないとおっしゃったのはそのことですか？」

「私刑じゃないという説が、ほかにもあったんです、当時ね」

「といいますと？」

「当時は革新勢力が全国の農村にまでひろがっていた時代でしたから、こんな小さな村でも、若い連中が右だ、左だと対立しとったような時期もあった。ちょうどそんなときに、下條は殺されたんです。だから、あれは青年団の右派の連中がやって、警察と組んで反共宣伝に利用した、とこういうことを言うものもあったんですわ」

「ほう……。それは左翼組織がそう言ったわけじゃないんですね？」

「その組織も言うとったが、右にも左にも関係のない者の中にもそういう説があったから、よけいに話はこんがらがってしまった」

「一般の人たちまでリンチじゃないというのは、何か理由があるんですか？」

「これも噂じゃが、死体が見つかった日の前の晩に、湯沢の町で下條が隣の増田町の青年の二人と飲屋で口論をしとるのを見たという人がいたんですな」

「ほう……」

「その増田の青年というのが、特攻隊帰りの元気のいい男で、あっちこっちで左翼の連中と張り合ってたし、そういうグループの長みたいな人物だったので、その辺からリンチじゃないという話が出たんじゃないかな」

「なるほど……」

「しかも、その男の仲間が後で自殺するという事件があった。下條が殺されてから、あれは一ヵ月ぐらいしてだったか……」

「自殺ですか？」

「それがまた妙な話で、自殺したその男が、下條を殺したのは左翼仲間じゃない。おれたち同志が革命分子を抹殺したんだと人に語ったことがあるという話でねえ……」

「たしかに妙な話ですねえ。そういう話をした後で、その人は自殺したんですね？」

「でも、誰が下條を殺したか、結局は証拠も何もないまま終ったんです。リンチという証拠もないし、左翼も警察のでっち上げとわめくばかりで立証はできなんだですから」

「リンチだ、リンチじゃないということで世間は大騒ぎだったわけでしょう？　当時」

「まあ、しばらくは騒ぎだった」

「有紀子の話では、彼女が物心ついてから、父親の死の事情を知ろうとして、いろんな人にたずねても、みんな川連の人は口をつぐんでたということでしたが、理由があるんですか？」

「特に理由なんかないでしょう。ただ、そういう、うやむやに終った事件で、しかもすんだことだから、あの子に話してむし返すことになってもとみんな思ったんでしょうな」

「有紀子の母親も何にも話さなかったそうですよ」

「気兼ねがあったんでしょうな」

「気兼ねって、誰にですか？」

「有紀子の母親は増田町の出身だから……」

「それがどうしたんです。はっきり言って下さいよ」

矢口は少し語気が強くなっていた。河合が何か言いよどんでいる、と見えたからだった。

「まあ考えてごらんなさいよ」

しばらく間を置いて河合は言った。

「有紀子の父親は、増田の保守派の青年グループのリーダーたちに殺されたという噂が事件の当時はあったわけですよ。もちろん一方にはリンチで殺されたという説もあった。母親にしてみれば、どうして誰に父親は殺されたのかと娘に訊かれても、ちょっと答えようがないでしょう。リンチで殺されたと言っても、増田の青年に殺されたといっても、どっちもはっきりしちゃいないんだから、言えばどっちかを傷つける」

「どっちかというのは、その増田の青年と左翼のことですか？」

「むろん」

「それはおかしいなあ。有紀子の母親は左翼に義理はないはずだから、これに気兼ねするはずはないですよね。となると傷つけることを怖れて気兼ねするのは、増田町の青年に対して、ということになりますね？」

「増田町は有紀子の母親にとっては自分の生れ育った土地だからな」

「それだけですか？」

「そんなあんた、わたしを問い詰めても、有紀子の母親の気持までは、判らんよ」

「有紀子の母親だけじゃない。彼女の親戚の人たちも近所のおとなたちも、何も語って聞かせようとしなかったというのは、ちょっと異様という気がしますがねえ……」

「白黒のはっきりせんことは、おとなは滅多なことを子供には言わんもんでしょうが」

「しかし、政治活動に絡んで殺されたことははっきりしてるんだから、それぐらいは有紀子が聞いてても不思議じゃないと思いますがねえ。有紀子はそれすらも知らされていないんですよ」

河合は口を閉じた。憮然《ぶぜん》、といった表情になっていた。

「たとえばこういうことはなかったですか？　有紀子の父親を殺したのは増田の青年たちだ、と主張した人たちが、その青年たちから何か脅されるようなことをされて、それでみんなが口をつぐんでしまったというようなことは……」

「そんな話は聞かなかったように思いますがねえ」

「増田の青年というのは、いまは何をしてるんですか？」

「東京のほうでいろいろ事業をやっておられますよ。前は代議士も三期ばかり務めた人でな」

「なんという名前の人ですか?」

「大河原忠哉《おおがわらちゆうや》さんとおっしゃる」

「自殺した仲間の青年はなんという名前だったんですか?」

「これは永野《ながの》、永野なんというたかな。忘れてしもうた」

「どうしてまた有紀子の父親は、政治活動なんかに手を染めたんですかねえ。沈金の職人さんだったんでしょう?」

「まあ、時代のせいもあるし、下條は小さいときから頭が切れたし、血の気が多かったからね」

「有紀子さんは、パリでアニメーションの勉強してるときに、田代光安という男と一年ばかり交際があったんですが、この田代光安というのが、偶然かどうか、その増田町の出身の男なんです。何か心当りはありませんか? 田代光安という名前に……」

「田代光安ねえ。知りませんなあ。その男がどうかしたんですか?」

「別にどうしたってわけじゃありませんが、増田町というので、ちょっと思い出したんです」

6

つぎの日の午後、矢口は川連の宿を立って、秋田に向った。

その前に矢口は、河合慎造に聞いた、有紀子の父の兄という人を二人、稲庭という集落に訪ねた。二人の老人の口は重く、何ひとつ耳新しいことは聞き出せなかった。

前の晩、河合家を後にしたのは午後十一時近い時刻だった。玄関に送って出たのは英一の妻一人だった。

玄関から門に向いながら、矢口は雑木林に接した広い庭に眼をやった。闇が濃かった。七年前の夏の夜ふけ、有紀子が汚れた下着をひそかに焼いたという裏庭は、むろん見えなかった。

門を出ると、矢口は重い吐息をついた。

英一のいまだに冷たくかたくなな態度も、河合慎造の不遜なようすも、矢口には快いものではなかった。英一のほぐれない態度の底にあるものが、有紀子へのなお残る慕情のせいなのか、あるいは単に、有紀子の心を射止めた男への反感だけによるものなのか、矢口には見当がつかなかった。

河合慎造の七年前の、有紀子への破廉恥な振舞いを、あからさまに口にして脅すということをせずにすんだのだけが、矢口の気持をわずかに慰めた。

河合慎造は、ひととおり知っていることは話してくれたもの、と矢口は受けとっていた。河合の話しぶりには、幼友だちであり、同じ中学に進み、同じ漆芸の仕事にたずさわっていた誼《よしみ》でか、有紀子の父親に対する好意が、はしばしに現われていた。

もうひとつ河合の話しぶりがはっきりしないのは、たぶん彼もそれ以上のことを知らないためと思われた。知っていて故意に隠し立てをしている、というふうには見えなかったのだ。宿に帰ると、秋津に電話をした。東京には新しい事態は起きていなかった。新しい何かの手がかりもつかめてはいなかった。

『有紀子さんの父親の死が、リンチか、反共グループの謀殺かは興味のあるところだが、今となっては真相は判らんだろうな』

秋津はそう言った。そして彼はつづけた。

『ただ、その大河原忠哉とかってかつての保守派青年グループのリーダーが、いまは落選待機中だろうが、元代議士ってのは、ちょっとおもしろそうな話だねえ』

『そうなんですよ。たとえば大河原の勢力というか実力がどれくらいのものか知らんが、もし仮りに、地元が彼の政治力に期待していた時期があったとすれば、今もあるとすればなおのこと、たとえ噂にしろ、大河原がかつて反共活動のために人を殺したなんて話を地元の人たちが伏せようとするのも説明がつく気もしますしね』

『田代光安は増田町の男だから、有紀子の父親が殺されたときの地元の騒ぎを、大きくなって誰かに聞いたのかもしれないと思っていたが、そうなると増田町は大河原のお膝元だから、そんな昔の黒い噂は川連以上にタブーだったはずだ、ということにもなるな』

『とにかく、明日、ぼくは秋田に行って、地元の新聞社に行ってみるつもりです。当時の新聞も保存されているだろうし、取材に当った記者だっているかもしれないから。秋田からまっすぐ東京に向います』

『おれはまた仕事が増えたらしいな。その大河原忠哉とかって元代議士のほうも、ちょいと当ってみる必要がありそうだぜ。大河原が有紀子嬢の父親を謀殺した犯人だとすれば、そこから何か出てくるかもしれないしな』

『お願いしますよ』

『ゼニにならんのだけどなあ、こんな仕事がいくら増えたって……』

秋津は愉快そうに憎まれ口を叩いて電話を切った。

湯沢から秋田までは、特急で一時間二十分の距離である。

矢口は駅からタクシーでまっすぐ、秋田タイムス社に行った。川連の旅館でも『秋田タイムス』を取っていた。それで矢口はそれが地元の日刊紙であることを知ったのだった。

矢口は秋田タイムス社の受付でこう言った。

「ぼくは東京の週刊日本の仕事をしているフリーライターの矢口と言いますが、戦後の左翼活動の中で真相不明のまま命を落した人たちのことをいま調べて歩いているのです。それで、昭和二十六年の六月十二日に川連で起きた、リンチ事件関係の記事の載っている新聞と、当時その事件の取材に当った記者の方にお目にかかりたいのですが……」

名刺はちょうど切らしてしまったことにした。

古い事件のせいか、矢口は何の不審も抱かれずに、資料室で新聞の保存版を見せてもらい、記者の一人に会うことができた。

記事の中には、矢口にとって目新しい事実はなにもなかった。死体が発見されてから十日目に、事件を左翼のリンチによるものと断定した警察の見解が発表されていた。当然、当の左翼側からの謀殺説の主張も併せて掲載されていた。

下條友和が死体となって発見される前に、湯沢の一杯飲屋で、増田の青年二人と口論をしているのを見た、という人の証言なども記事の中にあった。増田の二人の青年は、記事の中ではイニシャルになっていた。そしてその二人も警察で事情を聴かれていた。

話を聞かせてくれた新聞記者は、安倍《あべ》という白髪《しらが》をオールバックにした、ふとった男で、縁《ふち》の太い眼鏡をかけてループタイをしていた。出された名刺の肩書には論説委員とあった。

「当時はまだ、世間は物情騒然としてましてねえ。朝鮮《ちょうせん》戦争のまっ最中でしたし、川連のような山深い村の中も、兵隊帰りやら特攻隊帰りやらが多くて、まあ活気があったんです。青年団も、片方でダンスパーティやるかと思うと、アメリカかぶれだとそれに反対してあばれ込む者がいたりでしてね。だいたい政治意識も未熟なところにもってきて、右だ左だまん中だとやるわけですから、まあいま考えると、右も左も逆上はしとったんでしょうね。右はいまにも左翼思想で日本が赤くなると思ってあせり、左は明日にでも革命が起きそうな気に人をさせることに夢中になっていたわけで、川連なんかもそういう当時の日本の社会全体の縮図のようなことになっていたと思いますよ」

「安倍さんが取材された印象では、下條友和さんの死は、リンチ、謀殺、どっちという感じでしたか？」

「どっちとも言えませんな。まあ、強《し》いてどっちかといえばリンチの印象でしたかなあ。とにかく警察も新聞記者も同じだったと思うんですが、田舎の人というのは妙に口が固くてねえ。肝心なところになると黙り込んだり口をつぐんだりしちゃうんです。それが客観的に真相がはっきりしなかった大きな理由でしょうね」

「増田町の保守派の青年グループの二人というのも、当時はかなり疑われたんですか？」

「状況としては疑わしかったんですねえ。ふだんから反目もあったようですしね」

「警察のフレームアップだという説は問題になりませんか？」

「問題にならないかと言いますと？」

「つまり可能性というか、それらしい疑いはなかったかどうか……」

「当時はそういうケースが他にもありましたからねえ。これも、あったともなかったとも言えないですね」

「すると一切が霧の中ってことですか？」

「そうなりますねえ。だいいち、死体は皆瀬川の川っぷちで見つかったんだが、そこには乱闘の跡なんかないんですよ。しかし、警察は殺人現場さえ特定できない、という事件でしたからね」

「警察が事件を左翼のリンチによるものと断定した根拠は、新聞記事によると内部に下條友和スパイ説というのがあった、ということだけのようですが……」

「そうだったですね。たしかに、ぼくが取材した範囲内でも、当時、下條友和氏は組織内で権力のスパイだという嫌疑をかけられていたのは事実なんです。ただ、そのスパイの嫌疑を否定する声もありましたけどね。それは下條さんが殺される前からあったものですけどね。ですから内部にも、そういう暗い確執というか、あるいは相互不信の空気があったのは事実だと思いますよ」

「そういうまわりのあらゆる要因が全部下條さんにマイナスに働いて、結局、真相をわからなくした、ということでしょうか？」

「そうも言えますねえ」

「ところで、下條さんが殺された夜というか、死体が発見される前夜に、湯沢の飲屋で口論してた増田町の二人の青年の一人は、地元選出の元代議士の大河原忠哉氏だそうですね」

「よく調べられましたねえ」

「大河原さんの現在の地元での評判はどうですか？」

「わるくないですよ。政治力もある人ですからね。なんと言っても、二十代で村会議員になり、三十代で県議当選、四十代で国会進出を果たした地元の実力者ですから」

「二十代で村会議員というと、下條さんの事件があって何年ぐらい後ですか？」

「一、二年後でしょう。いま大河原氏はあれでまだ五十半ばですからね」

「地元の実力者が前回の選挙で落選したのは、どういうことだったんでしょうね？」

「選挙ってのは蓋を開けてみないとわかりませんからねえ。結局は票の読みちがいということになるんでしょうが。地元でもびっくりしましたからね、あの人の落選には。まあ農村の保守票が不動のものじゃなくなってきている、という現われのひとつとも言えますがねえ」

「なるほど……。ところで話はまた元にもどりますが、その大河原氏の昔の仲間の一人が、下條さんが殺された一ヵ月ぐらい後に自殺したそうですね？」

「そうそう。それで、大河原氏はちょっと苦境に立ったんだ。自殺したというのは、あれはたしか……」

「永野という人でしょう」

「そんな名前だったなあ、たしか。その永野が、赤色分子下條を殺《や》ったのはおれと大河原だって、あるとき大勢の前で酔っぱらって言ったというんですよ。これを聞いた人間はたくさんいましてね。小学校の同窓会か何かの席でだったな、あれは、たしか……」

「その後で自殺したわけですか？」

「一ヵ月ぐらい後だったと思いますよ」

「それは自殺にまちがいないわけですね？」

「割腹《かっぷく》ですからね。血で書いた遺書もあったんです。『盟友に詫びる』という文面のね」

「盟友というのは大河原氏のことですか？」

「でしょうね。彼が酔っぱらって同窓会でしゃべったことが噂になって、大河原氏はあらためてまた何度か、下條殺しの疑いで警察に呼ばれましたからね。それを気にしての自殺と見られたわけです」

「湯沢の町の飲屋で下條氏と口論してた二人の青年の一人というのは、その自殺した永野という人ですか？」

「そうなんです。その永野がそんなことを酔って言い、しかも大河原氏に詫びるという意味の遺書を書いて自殺したわけだから、世間の心証としては大河原氏は黒だということになりますよ」

「しかし、結局は黒じゃなくて白ということになったんでしょう？」

「警察だって、われわれ新聞記者だって決め手は何もないわけですからね」

「なるほどねえ……」

「ところで矢口さん。下條有紀子さんというアニメーションのほうで国際的な賞をとられた人のこと、知りませんか？」

安倍はだしぬけにそう言った。矢口はうろたえを隠して言った。

「そういえば、新聞のインタビュー記事か何かで、そういう名前を眼にした記憶がありますね。それがなにか？」

「その下條有紀子さんというのが、実はさっきから話題になっている下條友和さんの一粒種の娘さんなんですよ」

「ほう……。あの人も川連の人ですか？」

矢口は白じらしさをこらえてそう言った。

「そのこと自体は、別にどうということはないんですがねえ……」

「はあ……」

「その下條さんがですね、なんでも謎の失踪を遂げてるっていうんです。ぼくも新聞でしか知らないんですが、姿を現わしたという話はまだきかないから、もうかれこれ一ヵ月かそこらにはなるんじゃないかなあ」

「父親が真相不明の他殺、娘が謎の失踪ですか。よほどなんだか悲運につきまとわれている親子だという気がしますね」

矢口は言って立ち上がった。

朱の柩

1

すべてが鳴りをひそめている——。

そういう感じの毎日がつづいていた。

秋津はいつものすばやさで、大河原忠哉の身辺について、ひととおりのことを調べていた。

だが、そこからは、有紀子の失踪につながりそうなものは見出せなかった。

田代光安も、眼を引くような動きは見せていなかった。

田代は毎日、午後になると、南烏山のマンションを出る。マンションには女と二人で住んでいるようすだった。

マンションを出た後の田代の行動は一定していない。きまった場所に足をはこぶわけではないのだ。ただ、毎日、何人かの人間たちと、喫茶店や食事をする店で会っている。

田代が会う連中というのは、たとえば総会屋やその配下の者であったり、週刊誌の記者であったり、ブラックジャーナリズムと呼ばれている世界につながる人間たちであったりした。

その一人一人について、秋津は仲間の同業者の手を借りて調べてくれた。しかし、そこにも、有紀子の失踪につながると思われる芽は見つからなかった。

鮫洲の自動車修理工場で、万力に締められて左手をつぶされた宮川も、依然として病院通いをつづけているだけである。誰かを訪ねようともしないし、誰かが訪ねてくる、ということもなかった。

秋津は宮川が吐いた、新宿西口の三好という一杯飲屋にも人を張り込ませた。宮川が言ったことが正しければ、そこに宮川を矢口襲撃のために雇ったという男が現われるはずだった。その男は、矢口に右の肩口をナイフで刺されている。現われれば判るはずだった。だが、それらしい男はいっこうに姿を見せなかった。

矢口はあせる気持を抑えるのに苦労した。

有紀子が消息を絶ってから、もう一ヵ月は過ぎている。

矢口の服もろとも、ナイフで突き刺された、裸の有紀子の写真が、いつも頭から離れなかった。

その写真はまちがいなく、有紀子を拉致した者たちの手で写されたものだった。カメラに向けた有紀子の表情に現われた恐怖が、そのことを示していた。

その写真が、男たちになぶりものにされている有紀子のようすを矢口に想像させた。凌辱に耐えて唇を咬みしめている有紀子の顔が、矢口の胸を熱く灼いた。

怒りはあふれたまま、向ける的のないままに、矢口自身の無力を責める鞭に変った。

有紀子を救い出し、有紀子を苦しめた者たちに報復をするためだったら、手段など選ばない——矢口はそう思うときがあった。

「ようやく風が吹いてきやがった……」

秋津が電話をかけてきて、いきなりそう言ったのは、矢口が秋田から帰って六日目の深夜だった。

矢口は江西と二人で、有紀子のマンションの部屋にいた。アトリエのソファで、二人は黙りこくってウイスキーを飲んでいるところだった。

「風が吹いてきたって？」

だしぬけの秋津のことばに、矢口はとまどって訊いた。

「そうだ。風が吹いてきて、鳴りをひそめていた風鈴《ふうりん》が、チリリンと音を立てはじめたよ。それもいい風だ。だから音がいい」

秋津はなおも意味の判らないことを言って機嫌よさそうな笑い声を受話器に送ってよこした。

「何かわかったんですか？」

「鬼頭章司……。憶えてるか？」

「忘れるわけないでしょう。東村山の共和運輸の息子でしょう？」

「奴が見事に鳴り出した」

「どうかしたんですか、あいつ？」

「大河原忠哉とつながった。バッチリだ。それも娘の線でな」

「大河原の娘の線ですか？」

「そうだ……」

「ええ？」

矢口はおどろきの声をあげた。

矢口は秋田から帰った夜に秋津と話したことを思い出した。

鬼頭章司が、カムバックを期している元代議士某の娘と交際している、という話は、前に秋津が章司の勤め先のデパートで聞き込んでいた。章司は近々、そのデパートを辞めて、元代議士の秘書になるらしい、という風評も、デパートの中に流れていたのだ。

秋田で大河原忠哉のことを聞き込んできた矢口が、章司の交際相手の父親は、大河原忠哉ではないか、と考えたのも当然である。大河原忠哉も、カムバックを期している元代議士の一人なのだから――。

秋津はこれも同業の仲間を使って、鬼頭章司をマークさせたのだ。

鬼頭章司に恋人がいることはすぐに判った。恋人はしかし、大河原の娘とは別人だったのだ。菊地彩子《きくちあやこ》という大柄な女で、有楽町《ゆうらくちょう》に事務所を持つ旅行社に勤めている。

それが判って、矢口はひどく失望した。大きなひとつの糸が切れた、という思いだった。その思いを味わったのが、三日前である。ところがいま、秋津は電話で、風が吹いてきて、鬼頭章司が大河原の娘の線でつながったというのだ。矢口はおどろかずにはいられなかった。

「だって、鬼頭章司の相手は、菊地彩子って女だったんでしょう？」

「その菊地彩子が、実は大河原忠哉の娘なんだよ」

「外に出来た娘とか、そういうことですか？」

「ちゃんと大河原が認知してるんだ。奴が県会議員時代にできた子じゃないかな。菊地彩子の母親は輪島で芸者をしていたというからな」

「鬼頭章司は菊地彩子の縁で、大河原忠哉にとり入ったということでしょうね」

「それはどっちがとり入ったかわからないぜ。大河原が外にできた娘の相手の男を、そう易々と懐に入れるというのもおかしいからな」

「鬼頭章司がうまく大河原に利用されている可能性もあるわけか……」

「どっちがどうだかわからないんだが、風はもうひとつ、別の方でも吹いてきてな」

「別の風ってどんな風ですか？」

「やっぱり鬼頭章司の風なんだが、奴は今夜菊地彩子とは別の女とデイトしてるんだ」

「プレイボーイなのかな、奴は……」

「それが、歩いてて声かけてひっかけたというようすじゃなかったらしい。その女と鬼頭章司は前から親しい間柄のように見えた、と言うんだな。尾行してくれた仲間の話では」

「ほう……」

「それで、その女のほうを当ってみるのもおもしろかろうと思うわけだ。女にうまく近づけば、章司のことで何か聞き出せるかもわからないしな」

「それ、ぼくやってみましょう」

「当り前だ。おまえがいちばんひまをもてあましてるんだもんな。覆面部隊のおれたちのほうはフウフウ言ってるっていうのに」

「すみません」

「女の住んでるところがわかってる。鷺宮《さぎのみや》三丁目の光陽《こうよう》荘というアパートの、二階の右端から二番目の部屋だ。ドアには田崎順子《たざきじゅんこ》と名札が出てるというから、それが彼女の名前だろう」

「わかりました」

「うまくやれよ。うまくやれたらおれの事務所で雇ってやるぞ。軟派のカメラマンやめて、私立探偵になれ」

秋津は冗談を言って電話を切った。

電話の内容を聞いて、江西の顔色が明るくなった。

「やっぱり、大河原忠哉と鬼頭章司はつながってたんですね。くそ！」

「うん……。だけどなあ……」

矢口は考え込んだ。

「どうしたんですか？　一歩前進じゃないですか。元気を出してくださいよ」

「一歩前進？　どこに進んだんだろうね、おれたちは……」

「どこへって、大河原と鬼頭章司に向ってじゃないですか」

「たしかに奴らは何か臭いって気はするさ。けれどもどう臭いのか……。仮りに大河原たちが有紀子を拉致した犯人だとしてだよ、では彼らはなんのためにそういうことをする必要があったか。そこが判らないんだ」

「それはたぶん、大河原が、有紀子さんのお父さんを昔、殺していて、それがばれるのを怖れてるからじゃないですか？　なにしろ大河原はつぎの選挙で代議士に返り咲こうと必死になってるときですからね」

「しかし、有紀子は父親がどういういきさつで誰に殺されたかなんて、何も知らないんだぜ。何も知らない有紀子を拉致したって、危険を背負うだけで、大河原にはなんのメリットもないはずだろう」

「でも、有紀子さんがお父さんの死について何か、大河原にとって都合のわるいことを知っていると、大河原のほうで勝手に思い込んだかもしれないですよ」

江西はそう言った。

矢口は考え込んだ。江西の言うことにも一理はありそうだった。

勝手に思い込んで誤解をする——よくあることではないか、と矢口は思った。

「そうだ！」

不意にひらめくものがあって、矢口は立ち上がった。アトリエの棚の前に立って、そこに納められている『冥父』のビデオテープのケースを取り出した。

「どうしたんですか、いきなり……」

江西が訝《いぶか》った。

「問題を解く鍵はこのアニメーションにあるのかもしれない……」

「アニメーション？　その『冥父』に？」

「有紀子が誰かに連れ去られたと判ったのは、彼女が電話で、あたしを探さないで、と叫んだからだったよな」

「それは知ってます。その電話はすぐに切れて、その後で、有明埠頭に来いという男の声の電話があったんでしょう」

「そうなんだ。そのときの電話でも、その後の何回かの電話のときも、向うはわけのわからないことをくり返して言ったんだ」

「なんだって言ったんですか？」

「仕掛けてきたのはそっちじゃないかって」

「ああ、それも聞きました」

「その向うが言う、仕掛けてきた、というのが、この『冥父』のことじゃないか、と今思ったんだよ」

「すると、その『冥父』の中に、有紀子さんがお父さんの死の真相なり何なりを知っていると、大河原に思わせてしまうような部分があるかも知れない――そういうことですか？」

「とにかく、これを見てみよう、じっくりとな」

「ぼく、やります」

江西が立って、矢口の手から受け取ったテープを、ビデオコーダーにセットした。

テレビに、タイトルが出た。黒地に明朝体ですっきり『冥父』と白く文字が抜いてある。

トップシーンは青い光の漂う森の木立ちの中を、主人公の少女が分け入っていくところである。少女の姿は柔らかいシルエットになっている。

森に漂う青い光は、少しずつ濃さを増していき、青というよりも紫色に近いものに変っていく。

それがすっかり闇に変ると、その闇の中から浮き出るようにして、少女の顔が近づいてくる。少女は泣いているのだ。泣きながら闇に向って分け入っていく。

その闇に、ときおり細い朱色の光る線が走る。それは少しずつ増えていき、やがて画面一杯に交錯して、少女の姿を搔き消してしまう。

その漆黒の闇と、そこに細く飛び交う無数の朱線に、漆が使われていた。漆特有の深い色調と輝きが、画面に不思議に沈潜した美しさと幻想性をもたらしていた。

漆を使ったために、画面に現われる闇は、のっぺらぼうの闇ではなくて、奥行きを感じさせていた。

そこを走る漆の朱の線は、鋭さと柔らかみを併せもって感じられた。

少女はやがて森を抜ける。抜けたところは冬枯れた荒野のような風景の場所である。風の音を思わせるような音楽がつづいて、枯れた草が舞うようになびいている。その草の剣のように鋭い線も、漆芸のたとえば沈金などに用いられるタッチで描かれていて、独得の繊細な味わいをそえていた。

やがて荒野の果てで、雲が動く。雲は近づいてきて、少女を押し包むようにひろがる。

その雲が晴れると、画面は深い群青色《ぐんじょういろ》に変って、少女が死んだ父と話しているシーンに変る。そこは川べりなのだった。群青色は、少女と父のすぐ横に迫っている澱んだ川の淵の水の底から、煙のように漂い出てきて、二人を押し包んでいるのだ。科白《せりふ》がはじまる。科白は簡潔をきわめていた。

『なぜ死んだ、お父《と》う……』

『死にとうはなかっただよ、キヌ』

『なぜ死んだ？』

『殺されただ。殺されただよ』

『なぜ殺されただ？』

『騙《だま》されて殺されただよ』

『誰に騙されて殺されただよ』

『蛇がお父うを騙して殺しただよ』

『なぜ蛇に騙された？』

『鳩が来てな……』

『鳩が来たんか、お父う……』

『鳩が来てな。でもその鳩は蛇じゃった』

『蛇がお父うを殺したか？』

『蛇がお父うを殺しただ』

科白が終ると同時に、川の淵の群青色の中心に、滴のような朱色が浮き上がってくる。朱の滴は見る間に渦を描きつつひろがる。群青色の淵はあっという間に血の色に変る。血の色は少女と父親のいる河原にまでひろがる。空にまでひろがる。

そして不意にそこは、殺しの修羅場に一変する。数人の男たちが、それぞれ棍棒《こんぼう》を振りかざして、一人の男を殴りつけている。殴られているのは少女の父親である。

男たちが振りかざしている棍棒は、そのまま蛇の形を示している。

その殺しの場面は、歌舞伎の殺陣《たて》の所作を模したものだが、細部の描写と血しぶきの色は鮮烈な印象を与えた。血しぶきにも漆が用いられていた。漆の重い質感と照りとが、一種の残酷美といった趣きを添えていた。

「ここですかね、もし、大河原が何かを感じたとすれば……。もっとも大河原がこの作品を見たとしてのことだけど」

江西が言った。その江西の顔にも、ブラウン管に映し出された血しぶきの色が映っていた。

「大河原がこの作品を見たかどうか、それはたしかに問題だな」

「もっとも、大河原が直接見なくても、事情を知っている者がいて、そいつがこれを見てご注進に及んだっていいわけですよね」

「たしかに、父親が、鳩が来て、でもその鳩は蛇であって、蛇に殺されたというあたり、勘ぐれば勘ぐれるところだな」

「鳩が左翼で、蛇が保守反動というふうにね」

「しかし、有紀子は父親が左翼だったなんてこと、知らされていないはずなんだよ」

「鳩と蛇が出てくるのは偶然ということですか？」

「おれにはそうとしか思えないんだ。ただ、この『冥父』が発表されて、あちこちのフェスティバルで評判になって、海外でも賞をもらって、やっと日本でもあちこちで上映会が開かれるようになった矢先に、有紀子は何者かにどこかに連れ去られた——これも偶然だというふうには、おれには思えないんだな」

「しかし、大河原が有紀子さんを連れ去ったとして、そのきっかけがこの『冥父』という作品だったとして、他には問題になりそうな箇所というのはなさそうだけどなあ……」

テープは、殺しの場面から、少女がむごたらしい父親の死体を花で飾る場面に変っている。殺しの場面の途中では、何回か、少女の眼のアップがフラッシュのように挿入されるのである。そのときの少女の眼の黒い部分にも漆が使われていて、効果をあげていた。

少女は鬼の形相となった父親の顔を両手ではさむ。少女の眼からは涙がとめどなく流れる。その涙が、父親の全身の血を洗い流していく。

涙で血が洗われた後は、傷も消え、父親は元の体にもどる。けれどもその眼だけは殺されたときの鬼の眼の燃えるような光を失ってはいない。

少女はやがて父親の骸《むくろ》を花で覆いつくす。バックは少しずつまた色を濃くして、やがて闇に変る。

父親の骸を覆った花は、すべて金色と銀色に変り、闇にあえかな光を放つ。そのシーンにも、有紀子の蒔絵の手法が活《い》かされていた。そこでテープは終っている。

「たしかに、さっきの蛇と鳩の箇所以外には、有紀子が連れ去られるきっかけとなりそうな部分はないようだな」

「いったい、何でしょうね、動機は？」

「それがわかれば、追いかけようもあるんだけどね」

「それ言うと、秋津さんは笑うんですよね。動機は答のひとつだって。おれたちは問題の書かれていない答案用紙を与えられているんだから、そこに勝手な絵なりことばなりを書いてみるしかないって……」

江西がテープをケースにもどしながら言った。

2

つぎの朝、六時には矢口と江西は有紀子の部屋を出た。

荻窪に江西の友人で、車を借りられそうな男がいた。都合よく車はあいていた。シビックだった。友人は快くそれを貸してくれた。

鷺宮の田崎順子の住む光陽荘というアパートに着いたのは七時二十分ほど前だった。

光陽荘は新築間もない感じのこぎれいなアパートだった。二階の廊下は外についていて、人の出入りが裏の道から見とおせた。アパートの表側の道からは、白い手すりのついた縁の丸い日よけをつけたベランダが見えた。

江西がシビックを裏側の道に停めた。停めるとすぐに、江西は車から出て行った。朝食代りの喰べ物を買いに行くためだった。

矢口はシビックのシートを倒して体をのばした。窓からはそのままの姿勢で、端から二番目だという田崎順子の部屋のドアが眼に入った。

そのドアが開いて、コートをはおった女が出てきたのは、午前九時半ごろだった。

「やっと現われましたね」

江西が矢口を小突いて言った。

「いまごろから出る仕事ってのは、普通の勤めじゃないな」

矢口はシートを起して、たばこに火をつけた。女は外からドアに鍵をした。鍵をバッグに入れると、廊下を進み、階段を降りはじめた。

鍵をかけたところを見ると中に残っている者はいないらしい。コートを着た女が田崎順子本人と見てまちがいなさそうだった。

「おれは歩いてつけてみる。車でも拾われるとアウトだから、角を曲がって見えなくなったら、車出してついてきてくれ。はぐれたら大森に行っててくれ。連絡する」

矢口は江西に言って、シビックのドアを開けた。田崎順子はアパートの門を出ると、表通りに向って行った。矢口はシビックから降りて跡をつけはじめた。

田崎順子はタクシーを拾わなかった。バスで鷺ノ宮の駅まで出ると、そこから電車で新宿に向った。

新宿からＪＲの山手線で恵比寿《えびす》まで行った。恵比寿の駅前のビルに入った田崎順子は、入口のメイルボックスの一つから、郵便物を抜きとると、エレベーターには乗らずに階段を上がって行った。

矢口は相手の姿の見えなくなるのを待って、そのビルの入口を入った。メイルボックスに眼をやった。女が郵便物を抜きとったメイルボックスには、東洋タレントクラブという紙が貼ってあった。書類封筒か何かに印刷されたものを切り取って貼ったらしい。ブルーの紙に銀色がかったグレイの文字だった。

矢口はいったんビルの外に出た。駅の建物の前までもどって、ビルに眼を投げた。二階に東洋タレントクラブと窓ガラスに大書した部屋があった。電話番号も出ていた。

矢口は近くの電話ボックスにとび込んだ。眼の前のビルの、窓に書かれた電話番号を見ながら、その通りにダイヤルした。

「東洋タレントクラブですが……」

早口の男の声が受話器にひびいた。

「お宅は女性のタレントさん、何人ぐらいいますか？」

矢口はわざとのんびりとした声を出した。

「失礼ですがどちらさまでしょうか？」

「カメラやってる矢口克巳という者だけど」

「ああ、矢口さん……」

相手はそう言った。事実、矢口の名前を知ってて言ったのかどうかは、ことばつきではわからない。

「漫画週刊誌のカラーグラビアに使う子を見つけてるんだけど、いい子いないかな？」

「女性のタレントさんは四十人近くいますよ、うちは。撮影の予定はいつごろでしょう？」

「すぐでもいいんだ。急にきまった話だからね」

「ヌードですか？」

「ヌードのほうがいいけど、セミヌードでもいいの。タマによるんだけどね」

「ぜひ、使ってやってください、うちのタレントさんを。ブロマイド持ってうかがいましょうか」

「お宅はどこですか？　場所は……」

「恵比寿の駅前ですよ。すぐわかります」

「あ、恵比寿なら近くにいるから、これから行くよ。いま渋谷だから」

「じゃあ、お待ちしております」

電話ボックスを出ると、矢口はあたりを見まわして喫茶店を探した。ビルの間の細い道の角に、喫茶店の看板が見えた。

喫茶店のドアを入ると、矢口は道の見わたせる窓ぎわの席に坐った。そこからなら、田崎順子がビルから出てきても、すぐに眼につく。ゆっくりコーヒーを飲んだ。電話を切って三十分後に、矢口はコーヒー店を出た。

東洋タレントクラブと書かれたすりガラスのドアを押すと、眼の前に衝立があった。衝立の奥からテレビの音が聞こえていた。

衝立の横から顔をのぞかせると、事務机が三つほど並んでいて、そのうしろがスチールのキャビネットで仕切ってあった。事務机に向って小柄な中年の女が仕事をしていた。

「さっき電話をした矢口と言いますが……」

声をかけた。女は顔を上げると愛想笑いを返し、そのままキャビネットごしに声を投げた。

「北村《きたむら》さん、お見えになりましたよ」

テレビの音はそっちから聞こえていた。

奥で答える声がした。電話で覚えのある声だった。

出てきたのは、長い髪をパーマでちぢらせたらしい、キザな四十近い男だった。ベッチンの紺のスリーピースを着て、赤いネクタイをしめていた。靴はエナメル塗りだった。

「北村です。さきほどはどうも……」

北村は名刺を出した。マネジャーという肩書きがついていた。矢口も名刺を渡した。

「お名前は存じあげてます。グラビアでよく拝見してますから」

北村は言った。矢口はくすぐったい気がした。すぐに、かまうものか、と思った。

「ここはせまくてうるさいですから、下に行きましょう。コーヒーでもいかがですか」

北村は矢口を促して先に立ち、ドアを開けた。いま飲んできた、とは言えない。

矢口はいま出てきたばかりの喫茶店に、もう一度行くことになった。

席に着くと、北村はすぐに脇にかかえていた青い書類袋から、パンフレットと写真の束を取り出した。書類袋の文字は、やはり銀色がかったグレイだった。

「だいたいおすすめできそうなところを、あら選りしてきたんです……」

北村はブロマイドの束を矢口の前に置いた。

「フレッシュな子がいいですね」

矢口は言いながら、まずパンフレットを取り上げた。それには登録されている所属タレントたちの小さな顔写真と名前、体のサイズ、年齢、特技といったものが並んでいた。

案の定、田崎順子という名もあった。写真の顔も、遠目に見た彼女と同じものだった。

年齢は十九歳。特技のところにはバレエとあった。

矢口は北村が用意してきたブロマイドを手に取った。ブロマイドは十枚近くあった。最後に田崎順子のが出てきた。

「この子いいですね」

「ああ、順ちゃんね。このごろテレビでもいろいろ出てるんですよ。ほとんど仕出しとかヌードの吹き替えがうちの子たちは多いですけどね」

「グラビアでのヌード、この子、やったことありますか？」

「いえ、雑誌のお声がかかったのは初めてです」

「ヌードやるかしら、本人は……」

「前はいやがってたんですけどね。恋人が死んでから、なんでもやるって言いはじめましてね」

「恋人が死んだんですか？」

「一ヵ月ちょっと前ですかね、あれは。プロパンガスの爆発事故で死んだんですよ」

「一ヵ月前？　つい最近じゃないですか。かわいそうに。マンションか何かで？」

「新聞にも出てたって言うから、あたし後で記事読んだんですけどね。なんだかマンションでもアパートでもなくて、倉庫の二階とかで、そこにその彼が一人で住んでたらしいんですね」

「そういえばぼくもその記事読んだ覚えがあるなあ。たしか東村山のほうじゃなかったかな？」

矢口は胸が躍り出すのを抑えて言った。

「そうでした。東村山でしたね」

「なにしてた人ですか、その恋人という人は……」

「イラストとかアニメーションの原画とかを描いてる人で、うちでも何度か仕事させてもらってるサンシー・アドって広告プロダクションにいたんです。いえ、そもそもその人と順ちゃんのなれそめっていうのがですね、ある事務機メーカーの複写機のコマーシャルに使うタレントのオーディションをサンシー・アドさんがやって、そこに順ちゃんも行って、顔を合わしたのが最初らしいんです」

矢口はもう、ろくに北村のおしゃべりを聞いてはいなかった。

順子の恋人の名前を確かめる必要はなさそうだった。世の中に、それほどそっくりな話があろうとは思えない。順子がオーディションを受けに行った先で出会った恋人というのは、境田邦広にまちがいない――矢口は確信した。

境田邦広の恋人だった順子と会って、鬼頭章司はいったいゆうべ、何を話したのだろうか？ 恋人を突然に失った順子を慰《なぐさ》めたのだろうか？ それだけのために、二人はきのう夜の街で落ち合って、食事まで一緒にしたというのか？

「この田崎順子って子に決めましょう。これ使ってみます。恋人を失ったからといって同情するわけじゃないけど、若い女って感情がそういうことで傷ついてるときっていうのは、こっちの持っていきようじゃ、いい味出すんですよね。この子、すぐ呼べますか？」

矢口は田崎順子のブロマイドに眼を落したまま言った。胸の昂ぶりが顔に現われていそうな気がしたからだった。

スタジオを予約するひまはなかった。

3

赤坂の大きなラブホテルに電話をして、そこに部屋をとった。以前にも急ぎの仕事でそこをスタジオ代りにしてヌードを撮ったことがあった。

その日の夕方の四時きっかりに、田崎順子はそのホテルの部屋にやってきた。部屋には江西がすでに器材や小道具を持ち込んで、スタンバイしていた。

矢口は田崎順子に江西を紹介した。矢口はすでにその日の午前中に順子と顔を合わしている。北村が顔見せのために喫茶店に呼んだのだった。

矢口は江西に命じて、冷たい飲物を部屋に持ってくるように、フロントに電話をさせた。田崎順子はベッドのある部屋に行って、着てきた服を脱ぎ、白いネグリジェに着替えて出てきた。

「ちょっと脱いでみて。下着の跡なんかないね」

矢口はいつもの仕事のペースで口をきいた。

「ブラもパンティもお話があった後で脱いじゃったから、跡はないと思います」

言って順子はネグリジェの前を大きく開いた。矢口はカメラマンの眼で順子の体を見た。

特技がバレエというだけあって、ひきしまった体つきをしていた。

浅黒い肌をしているが、きめが細かいせいで、それがかえって魅力になっていた。乳房もボリュームがある。くっきりとした稜線を保っている。

ヘアも多くない。かなりきわどいアングルで狙っても、それが見えないようにする苦労はしなくてもよさそうだった。下着の跡もない。しみひとつない、きれいな体である。

「着てていいよ。冷たいものでも飲んだらはじめようね」

「はい……」

順子はネグリジェのホックをとめた。矢口はソファに腰かけて足を組んだ。たばこに火をつけて、立ったままでいる順子に声を投げた。

「こっちにいらっしゃい……」

「はい」

順子はソファに並んで腰をおろした。ネグリジェの裾が割れて、膝の上までが現われた。

順子はしかし気にしていない。度胸のいい子だな――矢口はそう思った。

「きみ、恋人がガスの事故で亡くなったんだって？」

「はい……」

「ショックだろうな……」

順子は答えなかった。顔を伏せている。その顔はどこかこわばったように見えた。鼻すじが通り、唇がわずかにとがった形に見える。そうやって横から見ると、気の強そうな印象になるのだった。

飲み物がはこばれてきた。江西がそれを受けとって、二人の前に盆ごと持ってきた。

「イラストとかアニメーションとかをやってた人だったんだってね？」

矢口はまた聞いた。順子はうなずいただけだった。どうして矢口がそういうことを知っているのか、問い返そうとはしない。矢口はそれを少し不審に思った。

「じゃあはじめようか」

矢口は言った。田崎順子のジュースのコップは空になっていた。

「着たままでいいから、部屋の中、歩いてみてよ」

矢口は壁ぎわに立ったまま言った。順子はちょっと戸惑った顔になった。歩きだしたが動きはまだぎごちない。

「よし、そこの窓ぎわに立って。そうだな。窓枠に腰を半分上げちゃおうか。そう、それで半身になって、額を窓ガラスにつけて。手は自然にさげて、それでヘアかくしちゃう」

ポーズをつけると順子は呑み込みが早かった。すぐにきまった。

「それでいい。じゃあいきましょう。脱いでちょうだい」

順子はネグリジェを脱ぎ去った。江西がライティングを終えた。矢口はなかなかシャッターを切らなかった。何回もライティングを変え、ライトにパラフィン紙をかけたり、白いパラソルで光を柔らげてみたりした。外は暗くなりはじめていた。

「よし。いこう。それでね、順ちゃん、死んだ恋人の事を思い出してみて。そうそう。そういう表情。いいよ。なかなかいい」

矢口はシャッターを切りはじめた。

窓ぎわのつぎには、ソファで撮った。ソファのときはネグリジェを肩にはおらせた。このときは、順子の乳房をポイントに構図をきめた。乳暈も乳首も、ひどく色が淡くて幼ない感じがした。しかし、それを支えている乳房は見事な充実ぶりなのである。

ソファが終ってベッドに移った。ベッドでは順子の長い髪とくびれた腰と、ひきしまった太腿との、流れるような線を強調するポーズを多くした。

撮影の間、何度もヘアが見えた。ポーズを変えるときにはざままでが一瞬、ライトの中にのぞいたりした。

だが順子は少しも動じなかった。顔色ひとつ変えないのだ。ほとんど口をきかない。言われたとおりのポーズをとる。そういう点では仕事のやりやすいモデルと言えた。

撮影を終えて外に出ると、街はすっかり夜を迎えていた。

「食事でもごちそうしようか?」

矢口は順子に言った。本当の仕事はこれからだった。

「助手の人、帰ってもらってください。あたし、お話があるんです」

順子は矢口に体を寄せて早口でささやいた。矢口は一瞬、相手を見すえた。江西は朝から借りたままの友人のシビックに、ようやく器材を積み終えたところだった。

「江西、おれはちょっと用を思い出した。先に帰ってくれ」

矢口は江西をふり返って言った。眼顔で合図をする表情になった。江西はうなずいてから声を投げてきた。

「お疲れさまでした。じゃあお先に……」

「お疲れさまでした」

順子も声を返した。シビックは走り去った。矢口は立ったまま順子を見た。

「飯でも喰いながら話を聞こうか」

「お食事はいりません」

順子は強い視線を返してきた。彼女の体が小さく揺れたと思ったら、矢口は腕をとられていた。

「人のいない所に行きたいんです。いまみたいなホテルに連れていってください」

矢口の腕を両手で抱えるようにして、順子は言った。そのときも顔は伏せられていた。矢口は気の強そうな印象の彼女の横顔を見ることになった。

「どういうつもり？」

「何も訊かないでください」

「ずいぶん強引だな、きみは」

矢口は苦笑した。歩き出した。ためらいはなかった。願ってもない好都合というべきだった。だが、順子の心は測りかねた。カメラマンとしての矢口の立場を仕事に利用しようという魂胆、とも思えなかった。

矢口はタクシーを停めた。千駄ヶ谷《せんだがや》と行先を告げた。そこに出入りの目立たないラブホテルのあるのを思い出したのだ。

車の中でも、順子は矢口の腕を放さなかった。口はきかない。コートの襟に顎を埋めたまま、どこか息を詰めたようにしていた。

ホテルの部屋で二人きりになると、順子はコートを脱いだ。そのまま、セーターも脱ぎ、スカートも足もとに落した。下着は着けていない。矢口はさすがに少しおどろいた。

「もう撮影は終ったんだよ」

矢口は言った。

「わたしを抱いて……。いやですか?」

「いやじゃない。ぜんぜんいやじゃない。だけど……」

「だしぬけだって言うんでしょう?　わかってます。あたし、変ってるんです。ときどきこんなふうにしたくなるんです」

「恋人が死んじゃったから?」

「そうかもしれない……」

順子は口ごもった。

矢口は順子を抱き寄せた。長い髪が背中の半分ぐらいまでを覆っていた。矢口はその髪の下に手をさし入れて背中を撫でた。若い肌の手ざわりだった。

順子が体の力を抜いた。眼を閉じて顔を上向けた。矢口は唇を重ねた。とまどいは消えなかった。が、ためらいはなかった。男の自然な生理が矢口を支配した。パリで娼婦のキキを抱いたときと同じだった。

矢口は順子をベッドに誘った。そこで矢口も脱いだ。順子は先にベッドに上がっていた。仰向けに体をのばして、眼を閉じていた。

すっかり裸になって、ベッドに上がろうとしたとき、矢口はふと不安を覚えた。

罠《わな》？

そう思った。田崎順子は境田邦広の恋人だった女だ。彼女は前の晩、鬼頭章司と会っている。もし順子が鬼頭章司と通じていれば、ホテルに誘い込み、そこを誰かに襲わせるという手は考えられないことではなかった。

「入口の鍵見てくる」

矢口は素裸の上にホテルの浴衣をはおってベッドを離れた。矢口の声にも順子は眼をあけなかった。

ドアの鍵はちゃんと閉まっていた。罠というのは考え過ぎとも思えた。

4

ベッドに並んで体を伸ばすと、順子は矢口の腕の中で横に向きを変えた。矢口の胸に顔を埋めるようにした。

矢口は浅黒い肌の肩や腕を撫でた。腕にキスをした。順子がかすかに笑いを浮かべた。

「矢口さんて、やさしいんですね」

順子はくぐもった声で言った。唐突だった。矢口は黙っていた。

「まだ、ためらってるんでしょう。あたし、そんなにためらってもらわなくていいんです。けっこう遊んでるつもりだから」

妙な挑発のことばだった。矢口はしかし、それに乗ることにした。乗ってしまったほうが、矢口も話を聞き出しやすい。それは判っていたが、いきなり獣《けだもの》になるのもぐあいがわるかったただけであった。

矢口は唇をつけたまま、順子の肩を押した。順子は仰向けになった。固いはずみを持った乳房が揺れた。小さく光る乳首が、少し乳暈に埋まったようになっていた。

矢口はそこに指をやった。軽く掃いた。乳首はゆっくりと立ち上がってきて、輝きを強めた。舌でそれを濡らした。充実した乳房の表面に、さざ波を思わせるふるえが走った。

順子は眼を閉じたまま、静かに頭を左右に動かしていた。長い髪がシーツの上でゆるやかに波を打った。柔らかい光沢のある髪だった。

矢口の手の下で、乳房はたわわに形を変えた。底のほうから押し返してくるようなはずみ方をそれはした。乳首は固くとがりきって、矢口の手や頬や唇を柔らかく突いた。

脇腹や腹や太腿には、わずかに手にまといついてくるようななめらかさがあった。矢口の手はその感触を堪能した。

生理だけが矢口を支配しはじめていた。その限りでは彼はいくらかやさしい獣となっていたと言える。

矢口は順子をうつ伏せにした。背中にかかった髪を横に掻き流した。もろいような美しさを備えた襟足があらわとなった。矢口はそこを唇でついばんだ。

順子は小さな声をもらした。声はか細くふるえていた。腰から勢いよくせり上がった臀部《でんぶ》が小さなうねりを見せた。

矢口はその尻を撫でた。撫でながら順子の背中に唇を這わせた。手はうしろから内股を割っていた。張りつめた内股はすべらかさの底に火照りを沈めていた。

順子はまたか細い声をもらした。声は長く尾を引き、不意に息を強く吸い込んでとぎれた。たまりかねたように、彼女は腰をひねり、体を仰向けにした。のけぞった喉がふるえていた。矢口はそこにも唇を這わせた。

唇はそのまま、米粒を立てた形の細長い乳首を捉えた。手はしげみの上に移っていた。柔らかいしげみだった。短冊を置いたような生え方だった。

はざまはすっかりうるんでいた。あふれ出たものがわずかにヘアを濡らしていた。矢口はそこのふくよかな丸みの全体を掌で覆った。静かにその手を押しつけた。順子は腰を反らして押し返してきた。

矢口の指はひとりでにクレバスに添い、はざまの中心に浅く沈んでいた。熱いものが指をひたしてきた。矢口はその指を静かにクレバスに添わせて上に移した。探った。小さなはずむような手ざわりのものに触れた。見失いそうにそれは小さかった。しかし小さいなりに熱気を集めてするどくとがっていた。

矢口の指は、そのとがりの上で柔らかく舞った。

順子は声をもらした。ことばにはならなかった。声はすぐに甘いうめきに変った。閉じた順子の瞼が、深い翳をつけてふるえていた。腰のうねりやゆらめきが、いっそうしきりなものになっていた。

「ねえ……。欲しい……」

順子は顔をそむけるようにして小声で言った。矢口はその頬に軽く唇をつけた。

体を起した。順子は開いた膝を立てた。矢口はその間に腰を進めた。淡いヘアにまわりを飾られて、はざまは燃えるような色で輝いていた。わずかに露頭した小さなとがりは、とり分け鮮やかな色で光っていた。

矢口は体を押し当てた。順子が腰を小さくうごかした。無言で案内するような仕種だった。

矢口は静かに進んだ。しっかりと包まれる感じがあった。包んでいるものは小さな脈打ちを伝えてきた。

矢口は体を前に倒した。固い乳房が下から矢口の胸を押してきた。矢口はそれに片手を這わせながら動いた。

やがて順子ははげしいあえぎをはじめた。腰がぎごちなく躍って矢口を突き上げてきた。矢口はそれをふと、愛らしいと思った。矢口も勢いをつけた。

矢口の肩にあった順子の手が、そのまま輪になって彼の頸をしっかりと抱いていた。絡められていた脚にも力が加わっていた。

「ああ、あたし、もう……」

順子はそう言った。うわごとに似ていた。

不意に順子はのけぞった。腰がするどく反っていた。矢口は強いふるえを体に覚えた。ふるえは順子の体の奥に湧き、矢口に伝わってくる。

反っていた順子の腰が力なく落ち、今度はゆっくりと逆に沈んで、また彼女は息をはずませて短く叫んだ。

矢口はふるえと共に強く揉まれる感触を覚えた。それが彼を頂きに押し上げていた。矢口は深くくぐらせたまま果てた。

矢口の頸を抱いていた順子の手が、シーツの上に落ちた。絡められていた脚が解けて伸ばされた。

矢口は息を静め、体を離した。順子は手を伸ばしてティッシュペーパーを取った。目立たない手つきで当て、両脚をそっとそろえた。

「境田邦広って人、知ってるでしょう、矢口さん……」

だしぬけに順子の声が耳もとにひびいた。

矢口はうつ伏せになっていた。ゆっくり顔を起して順子を見た。順子の視線がまっすぐに矢口の視線を受けていた。

「きみの恋人だった男だろう?」

矢口は小さく息を吸ってから言った。

「矢口さんの恋人は、下條有紀子さんでしょう。いま行方不明になっている……」

順子の息もかすかにはずんでいた。眼にはなにか一途な光がこもっていた。それを矢口は、邪悪なものではない、と見た。

矢口は手を伸ばして足もとの毛布を引き上げた。それで順子の体を覆い、自分も腰を包んだ。

「みんなきみは知ってたんだね、最初から」

「矢口さんもでしょう？」

「しかし、きみがどういう人で、何を考えているかまでは判らなかった」

「それで仕事にかこつけて、わたしに近づいたわけね？」

「きみはどういうつもりだったんだ？　ここまで事をはこんだのは……」

「矢口さんが、邦広の恋人だったわたしをどう思っているか、たしかめるためだったの」

「たしかめるため？　そのためにきみは体を投げ出したのか？」

「そう訊かれると、自分でも判らないわ。復讐したいという気もほんとうはあったの」

「復讐？　誰にだい……」

「ある人に……」

「話がよくわからないな。はじめから説明してほしいよ。きみはどうしてぼくと有紀子のことを知ってるの？」

「邦広に聞いたんです。下條さんのアトリエにあった、クローバ乳業のコマーシャルフィルムの原画が切られていて、下條さんも行方不明になって、それで邦広はなんだか追い詰められたようにしてたんです」

「邦広君は、ぼくと有紀子とのことを誰に聞いて知ったんだろう？」

「新日広告の広池さんという人と、友だちの鬼頭さんという人から聞いたって言ってました」

「よし、わかった。しかし、おれは邦広君が誰かに利用されてたんだと思ってるんだけどね」

「利用って、どういうふうにですか？」

「有紀子の行方不明の原因が、邦広君のひがみから原画を切られてしまったショックによるもの、というふうに見せかけるために、邦広君が利用された。そうではないかと思うんだ」

「誰がそういうふうにしようとしたんですか？」

「それは判らない。だからおれはそれをいまはっきりさせようと思って調べているんだ」

「警察に頼めばいいことでしょう、それは」

「たしかにね。だがそれはできない。理由は二つある。一つは警察にほんとうの事情を明かせば、有紀子の生命に危険が及びそうなんだ。きみは信頼できそうだから話すが、有紀子は失踪したということになっているけど、ほんとうは誰かに連れ去られて、どこかに監禁されているにちがいないんだよ」

「ほんとですか？」

順子は息を呑んだ顔になった。

「嘘じゃない。だから警察には何も言ってはいない。それに、おれは有紀子を苦しめている奴の正体を自分の手で暴き出して、それこそ復讐してやるつもりでいる。それも警察の手を借りずにいる理由だ」

順子は口の前に合わせた手をあてて、怯えたような表情を見せた。

「きみはさっき、邦広君が追い詰められていたと言ったね？」

順子は眉をひそめたままうなずいた。

「何かそういうようすがあったの？　彼に」

「怖がってたんです。何かを……」

「何かって？」

「それが自分でもよく判らないって言ってました」

「具体的に気になることとか、怖がることとかがないのに、怖がってたの？」

順子は口をつぐんだ。何かを言いよどんでいるようすに見えた。

「なんでも思い当ることを言ってくれないか。頼むよ」

「邦広も矢口さんと同じようなことを言ってたんです」

「同じようなことって？」

「何かに自分が知らない間に巻き込まれてるみたいな気がするって……」

「うーん……」

「あたし、思いきってやっぱり言うわ」

順子ははずみをつけて肩を起すと、腹這いになった。眼をベッドのヘッドボードに向けたまま、彼女は言った。

「矢口さん、有紀子さんが姿を消した日の夜中、有明埠頭で交通事故にあったでしょう」

「どうしてきみ、そんなこと知ってるんだ？」

「邦広に聞いたのよ」

「ほう……」

「あの事故で轢き逃げされた人もいたんですって？」

「うん。身許不明の男だ」

「事故を起したのは、邦広の友だちの鬼頭さんのお父さんが経営している共和運輸のトラックで、盗まれたものだって、新聞には出ていたんですってね」

「そうなんだ」

「その記事を読んでいた邦広、あとで思い出してへんな気がしたんですって」

「へんな気がしたとは？」

「邦広が共和運輸の駐車場の倉庫の二階に住んでたの知ってるでしょう？」

「トラックが盗まれたという夜、彼は鬼頭章司に麻雀に誘われたらしいね」

「それも知ってるんですか。じゃあ話しやすいわ。邦広は、鬼頭さんが下條有紀子さんの失踪に何かからんでて、そのために自分が計画的に利用されてるんじゃないかって、思いはじめてたようなの」

ようやく順子の話は核心に入った。矢口は眼を順子の顔にあてたままうなずいた。胸が高鳴っていた。

「邦広がそういう不安を抱きはじめたきっかけが、矢口さんの有明埠頭の交通事故だったらしいのね。交通事故の新聞記事を読んだときまでは、邦広はそこに出ている矢口さんの名前を知らなかったんですって。それが、後で新日広告の広池さんに聞いて、同じ名前だし、新聞の交通事故の記事にも写真家とあったんで、それが下條さんのご主人だって知ったらしいのね」

「それがわかって、それではじめて、共和運輸のトラックが盗まれたこととか、その夜、自分が鬼頭に麻雀に誘われたことなんかが、偶然じゃないと思えはじめたわけだね？」

「麻雀もとっても強引に誘われたんですって。持って帰ってた会社の仕事があるのに、それでもきかずに鬼頭さんが誘ったらしいの」

「それで邦広君は、トラックが盗まれたって話を怪しいと思ってたようすだった？」

「はっきりとは言わなかったけど、そんな口ぶりだったわ。それに、他にも疑えば疑えることがあるみたいなの」

「どういうこと？」

「大学時代から鬼頭さんと邦広は友だちではあったけど、そんなに特別親しいというわけじゃなかったんですって」

「うん……」

「それがこの半年ぐらいの間に、鬼頭さんがどんどん接近してきて、就職の世話から住まいをただで貸してくれることまでしたわけね」

「うん」

「就職はある商事会社に決まってたんだけど、邦広は絵が好きで、そっちの仕事をやりたがってたの」

「そこに、鬼頭の父親が出資しているサンシー・アドの話が鬼頭から持ち込まれたってわけか？」

「そう。おまけに部屋代のいらない住まいまでつけて。その上に、下條さんと最後まで選ばれて残ったクローバ乳業のコマーシャルのアニメの仕事は、先輩の人たちをとび超えて、最初から邦広に回ってきたんですって。サンシー・アドの社長がそうきめたっていう話なの」

「社長命令か？」

「それで邦広、他の人たちに気がねというか遠慮して、社長に自分は経験不足だから辞退するって言ったんですって」

「そしたら？」

「社長が言うには、鬼頭さんのお父さんが、ぜひ境田君にチャンスを与えてやらせてみてくれって口をきいたということだったらしいの。で、邦広は鬼頭さんにそのこと言ったら、鬼頭さんがお父さんをくどいて、そういうお膳立てをしたんだって言ったんですって」

「それが、有紀子と最後まで優劣を争う仕事になったわけか」

「そのあげくに、下條さんが謎の失踪をして、そのために邦広は警察に二度ばかり事情を訊かれたりするようになったんです。そういうことの全部が、鬼頭さんが近づいてきて、仕事の世話やなんかをしてくれた後に起きてて、おまけに自分が倉庫の二階にいないときに盗まれたトラックで、矢口さんが事故にあい、通行人が一人死んだというので、邦広は、これが偶然とは思えないって言ってたんです。邦広はとってもそういういろんなことを気にしてたんです」

「それで邦広君は鬼頭にそのことを訊いてみたようすだった？」

「訊く、とは言ってましたけど、そのうちにあんなことになって……」

順子は枕の上で組んだ腕の間に頬を落し、唇を咬んだ。

「きみは邦広君の死が、ほんとうに事故死かどうか疑ってるんだね？」

順子は返事をしなかった。眼を宙にすえていた。

「ひょっとしたら鬼頭に殺されたのかもしれないと思ってるんじゃないの？」

「あたし、よく判らないんです。鬼頭さんがなぜ、邦広を利用してまで、下條さんにいろいろ仕掛けたりするのか。それが判れば、ほんとうに鬼頭さんが邦広を利用してたのかどうかわかるし、邦広の死が事故死かそうでないかもわかると思ったんです」

「それで、おれをこういう所に誘って、体を投げだして話を聞き出そうとしたわけか？」

順子は腕の間に顔を伏せてうなずいた。彼女は小さなすすり泣きの声をもらした。矢口はその頭にそっと手を置いた。

「邦広君をきみはうんと愛してたんだな」

矢口は言った。順子の肩がふるえた。恋人の死の真相を知ろうとして、体を張っているようすの順子の気持が矢口の胸を打った。

「きみが復讐しようと思ったというのは、鬼頭のことだったんだね？」

「あたし、かりに今日、矢口さんがうちのクラブに来られなくても、近いうちにきっとあたしのほうから会いに行ってたと思うわ。鬼頭さんには、下條さんを苦しめなきゃならない事情があるんですか？」

「ないとは言えない。そして、彼もまたひょっとしたら、誰かに利用されているのかもしれないんだ」

「どういうことなの？」

「それを話す前に、もうひとつきみに訊きたいんだが、ゆうべきみ、鬼頭と銀座で会って食事をしたね？」

「どうして知ってるんですか？」

「おれを手伝ってくれている人間が、ずっと鬼頭を尾行してるんだ。それで、きみのことがわかって、おれが今朝、東洋タレントクラブに行ったってわけさ」

「鬼頭さんが会いたいって電話かけてきてたの、ずっと……」

「なんのために？」

「邦広が死んで、気を落してるだろうからって」

「それは口実で、鬼頭は邦広君がきみに何かをもらしてるんじゃないかと、それが気になってようすを探ろうとしてるんじゃないか？」

「あたしもそんな気がしてたから、電話がかかってきても都合がわるいって逃げてたんです。でも、何回も電話はくるし、そのうちにあたし、あの人に会ってこっちも向うのようすを探ってみようと思って、それでゆうべ会ったんです」

「どんなようすだった？」

「境田の奴、死ぬ前に何か悩んでたみたいだったけど、何か言ってなかったかって、そう訊かれたの。それで、あたし、ああ、やっぱり何かあるんだなと思って、それで矢口さんに話をきこうと思ったんです。でも、矢口さんがどんな人かわからないし、どういう事情で下條さんが行方不明になったかも判らないし、もし、矢口さんがわるい人だったら、あたしだまされてホテルに連れ込まれて犯されたといって騒ぎを起しちゃおうと思ったんです」

「騒ぎを起す？」

「自分を守るために。だって女だからあたし、相手を困らせるぐらいしか、自分を守る力はないんですもの」

「無茶なことを考える人だなあ、きみは。もう、こういうことは止したほうがいい。鬼頭にも近づくんじゃないよ。どういう目にあうかわからない。おれが奴にはきみの分まで復讐してやるよ」

順子は顔を枕につけたまま、毛布の中で身じろぎをした。汗ばんだ肌はすっかり冷えていた。

5

矢口はタクシーを呼んでラブホテルの駐車場まで入ってもらった。順子と乗り込むところを人に見られたくなかったのだ。もちろん、外聞をはばかってなどではない。彼が警戒したのは尾行者の眼だった。

そのまま、鷺宮のアパートまで、順子を送っていった。尾行の車はなさそうだった。

矢口は荻窪の駅でタクシーを降りた。大森の住まいに電話をしたが、江西は出なかった。撮影の機材を置いて、三鷹にまわっているのだろう、と思った。彼には、朝から借りっ放しの友人のシビックを荻窪まで返しに行くという仕事もあったはずだった。

三鷹のマンション、マンションの有紀子の部屋には、明りがついていた。矢口はなんとなくあたりを見まわしてから、マンションの門をくぐった。

いつか不意に襲われてから、用心深くなっていた。怪しい人影などはなかった。

江西は部屋でテレビを見ていた。

「どうでした、田崎順子は？」

顔を見るなり、江西は訊いた。

「問題の書いてない答案用紙を渡されたら、やっぱり秋津さんが言うように、好きに、あてずっぽうにやってみるもんだな」

「何かわかったんですね？」

「ばっちりだよ。境田邦広はやっぱり事故に見せかけて殺された可能性が大きいね」

「田崎順子がそういうんですか？」

「彼女もそれを疑っていた。どうやら境田が、鬼頭のすることに不審を抱きはじめて、いろいろ問いただしたんじゃないかと思うな。そういうことを境田が言ってたらしいから」

矢口は江西の作ってくれた水割りを飲みながら、田崎順子に聞いた話をはじめかけた。

「そうだ、秋津さんに田崎順子に聞いた話を電話でこれから伝えるから、それ聞いててくれ。同じ話をおまえと秋津さんにしゃべるのもしんどい」

矢口は水割りのグラスを持って、有紀子の机の横の電話の前に立った。

秋津はしかし、事務所にも、東中野の新谷京子のところにも、自分のアパートにもいなかった。どこかをとび回っているらしい。

「仕方がない。秋津さんには後で電話をしよう」

矢口はソファにもどった。テーブルの上に郵便物が重ねて置いてあった。大森のマンションにきた矢口宛てのものだった。ダイレクトメイルと、銀行からの振込通知らしい封書と、矢口の撮影したグラビアの載った週刊誌だった。

矢口は、田崎順子に聞いた話を江西に伝えながら、郵便物に眼を通していった。

銀行からの封書は、やはり振込案内だった。それに眼を通して、矢口はきょとんとなった。

つぎの瞬間、矢口は思わず叫んだ。

「なんだ、これは！」

江西がおどろいて矢口の手もとをのぞき込んだ。銀行の振込案内の書類には、下條有紀子から、矢口克巳の銀行口座に、五千万円の現金が二日前に振り込まれていることが記されていたのだ。

「どういうことですか？」

江西が、わけがわからないといった口ぶりで言った。

「おれにも判らんよ。だいいち、有紀子が五千万円もの金を持っているわけはないんだよ」

「はあ……」

「彼女は『冥父』を作るのに資金が足りず、おれも金を出したけど、他からも百万近く借金をしたくらいなんだ。『冥父』は一千万ちょっとの制作費がかかってるんだから」

「おかしいですねえ……」

矢口は考え込んだ。

「何かあるな、これには……」

「銀行の事務上のミスじゃないかなあ？」

「そういう単純なことならいいけど、しかし、下條有紀子から、矢口克巳へなんていう念の入ったまちがいが偶然に起きるかね？」

「そうだなあ。まちがいにしちゃできすぎてますね。しかも金額が五千万円というんですものね」

江西は言い、矢口が手にしている振込通知書の金額の0《ゼロ》の数をかぞえはじめた。

電話が鳴ったのはそれから三十分ばかりしてからだった。受話器を取ったのは江西だった。

江西はすぐに送話器を手で押えて、ソファでまだ考え込んでいた矢口をふりむいた。

「矢口さんにです」

「誰？」

「名前を言わないんですよ。とにかく矢口さんを呼んでほしいって……」

矢口は立って行った。受話器を受け取って耳にあてた。

「矢口ですが、どなた？」

「矢口克巳さんだね？」

覚えのない声が送られてきた。横柄な口をきく男だった。若い感じではない。

「矢口克巳だが、あなたは？」

「ちょっと名前を言うわけにはいかないんでね」

「なるほど。で、用は？」

「いい話がある。あんたが飛びつく話だ。売ってあげてもいいが、ちと値段が安くない」

「中身にもよるがね、高い、安いは」

「中身は保証つき。しかも特級品だ」

「もったいぶるねえ。なんだ？」

「下條有紀子さんに関する情報でね」

「ほう……」

「飛びつくだろう。飛びつくはずだよね」

「下條有紀子がどうしたという話だい？」

「下條有紀子さんが、ある場所に監禁されてるって情報だよ」

「どこに？」

受話器に相手の低い笑い声がひびいた。

「どこに彼女は監禁されてるんだ？」

「六千万だね、値段は。まあ、安くはないが、しかし、法外な値段とも言えまい。六千万円で下條さんが無事に帰ってくるんだから」

「それは身代金というわけかい？」

「身代金？　冗談を言っちゃ困るね。身代金というのは、人をかどわかした人間が要求するものだろう。おれは誘拐なんてばかなことはやらない」

「じゃあ、あんたは何をやったんだ？」

「何にも。ただ、耳よりな、しかも確実な情報を商品にしてお売り申しあげるだけだ」

「断わるといったら？」

また低い短いふくみ笑いが矢口の耳にまとわりつくようにひびいた。

「無理しなさんな、矢口さん。あんたが断われるはずがない」

「それはしかし、商品なんだろう。喉から手が出るほど欲しい商品でも、金がなきゃあきらめるしかないからな」

「そういう言い種《ぐさ》はおれには通用しないよ。あんた、金がないはずはない」

「ないから仕方がないだろう。あれば買う」

「おれの特技は貴重な情報を手に入れることと、人の懐具合を見抜くことなんだ。この二つがうまくなければ、この商売は成り立たない。いくら高く売れる情報でも、それを買う奴がいなければ何の役にも立たない」

「とにかく六千万円はない。そんな大金はとてもおれには用意できない」

「五千万円ならあるだろう。あるはずだ」

「どうしてそう断言できる？」

「言っただろう。おれは人の懐具合を見抜くのがうまいって」

「いくらそれがうまくても、あんた商売というものを知らないらしいな」

「なんだと？」

「客は商品を吟味して、これなら気に入った、まちがいないと思うから金を払ってそれを買うんだ。売るほうも客にたっぷり商品を吟味させる。特に高価な商品ほどね。それが商売ってもんだよ、ところが、あんたが売ろうとしてる物は、客としては吟味しようがない」

「ガセネタだっていうのかね？」

「そうでないという証拠はないだろう？」

「矢口さん。あんた、おれを子供だと思ってるんじゃないだろうな。おれが売ろうって品物は品質保証付だよ。証拠は立派にある」

「ほう……。どういう証拠だ？」

「写真だよ。下條さんが監禁されてる建物を望遠レンズで撮った写真だ。窓ごしに下條さんの横顔が写ってる。いつ写した写真か判るように、撮影した日の新聞も一緒に写してある。望遠だから、下條さんにピントが合わしてあるが、新聞の日付も読めないことはない。どうだ？」

「よし。買おう。五千万円だ。ただし、条件がある。代金はあんたの情報によって、おれが自分の眼で有紀子の存在を確認してから払う、というのが一つだ」

「他には？」

「写真も、その場所を知らせる情報もすべておれに、直接手渡すことだ。郵送は断わる」

「おれの顔を見たいわけか。顔を見れば、おれを押えて素性を吐かせることもできる。そう考えてるんだろう。だが、そうはいかないぜ。そこはこっちも抜かりはない。親不孝したくなかったら妙な小細工はやめることだ。そうしたら会ってやる」

「親不孝？」

「矢口梅子《うめこ》さん。六十二歳。あんたのおっ母さんさ。小田原《おだわら》でまだ一人住まいだったな」

「汚ない手を思いつくもんだな。だが、それは要らない気遣いだ。おれは有紀子さえもどってくればそれでいい。あんたの素性なんかどうだっていいんだ」

「じゃあ、これから会おう。出てきてくれ」

「これから？　ずいぶん急だな」

「早いほうがいいだろう？　それとも早すぎて、おれを尾行する段どりを作るひまがないっていうのか？」

男はまた低く耳にまとわりつくような笑い声を立てた。

「尾行なんかする気はないよ。親不孝はいやだからな」

「そうだよな。じゃあ、すぐに下に降りてきてくれ。そのマンションを出て右に三十メートルばかりの所に薬局があるだろう。そこの青電話の前に車が一台とまってる。マークⅡだ。その中にいる」

「よし。すぐに行く」

矢口は電話を切った。

江西はそばで聞いていて、およその見当をつけたらしい。緊張した顔になっていた。

矢口は電話のダイヤルを回した。小田原の母はまだ起きていた。

「克巳だ、母さん。急でびっくりするだろうが、気をおちつけて聞いてくれ。駐在に電話して、妙な男が家のまわりをうろついてるから見回りをつづけてくれって頼むんだ。いますぐ。そして、二、三日誰か屈強な男に家に来てもらってくれ。泊り込んでもらうんだ。駐在には、ほんとに妙な男が家を見張ってることにして話をするんだよ。おれがもういいって電話するまで、警戒をゆるめちゃいけないよ。わけは後で話す。いまは急ぐんだ。有紀子のことさ。居所がわかったんだ。あいつ厄介なことに巻き込まれているんだ。でも、もうすぐ、何もかも終る。くれぐれも頼むよ。おれの言うとおりにしてくれ」

一気に矢口は話した。母は気丈な女だった。うろたえは、矢口が話し終えるころには消えていた。

「江西、来てくれ。また今夜、鮫洲まで行くことになりそうだ」

江西はうなずいた。

血の裁き

1

部屋を出ると、江西は廊下を非常階段のほうに走った。非常階段を降りて、マンションの塀を越えれば、裏側の細い道に出る。その道を左に行って、最初の角を右に曲ると、マークIIの停まっている薬屋の先に出る。

矢口はエレベーターを使っておりた。時刻は十一時をまわったところだった。

マンションの門を出ると、薬屋の前に車のとまっているのが、離れた街灯の光でぼんやりと見えた。矢口は急ぎ足になった。コートのポケットの中で、ナイフを握りしめた。一週間前にマンションの隣の公園の前で襲われたときに、相手から奪ったナイフだった。

マークIIに近づいて、矢口は深呼吸をした。歩速をゆるめた。運転席に人の姿が影となって見えていた。そのドアの前に立って、矢口はすばやく車の中を窓ごしに見た。乗っているのは一人だった。

気配で運転席の男が顔を向けてきた。見たことのない顔だった。年は四十を越しているだろう。男は黙って運転席の車の窓を下げた。

「矢口さんか？」

「そうだ。あんたは名前のない男か？」

「そういうことだ」

「品物をもらおうか。金は商品の品質をたしかめてからという約束だったな」

「結構だ」

男は助手席に置いてあった書類封筒を引き寄せた。その隙に矢口はポケットからナイフを出した。はじめから逆手に持っていた。それがよかった。

男は車の窓ごしに封筒をさし出した。矢口の左手が封筒に伸びた。が、つかんだのは男の手首だった。つかむと同時に思いきり押し下げた。男の腕は車の窓枠に押しつけられて伸びた。ナイフが光った。矢口は低い声を喉にこもらせた。男の体が叫び声と共に運転席ではねた。ナイフは男の袖の上から柄のところまで腕に埋まっていた。

「声を出すな。大の男がみっともないぞ」

足音がして江西が走ってきた。男は体をひねってうめいていた。矢口は男の手首をつかんだまま、ナイフだけを放した。その手で車のキイを抜いた。ナイフは男の腕を貫いたまま固く揺れた。

「トランクを開けてくれ」

矢口は江西にキイを渡した。男の腕からナイフを抜きとった。ドアを開けた。男を外に引きずりだした。男はころげ出てきて道に這った。腹を蹴り上げた。髪をつかんで引き起した。車のうしろまで押していった。トランクに押し込んだ。ナイフで服とシャツの袖を切り裂いた。むき出しになった腕は血にまみれていた。

「ネクタイで血止めしてやれ。もう少しは長生きしてもらわなきゃならないからな」

江西が男のネクタイを解いて腕を縛った。男は顔をゆがめ、荒い息を吐いていた。

「くそっ！　小田原のおっ母さんはどうなってもいいのか……」

男は言った。声に力はなかった。

「人の親の心配するより手前のことを考えるんだな。どうしたほうがこれ以上痛い目にあわずにすむか」

矢口はトランクの隅の油で汚れたタオルをつまみ上げた。ナイフを男の口にあてた。

「開けろ、その汚ない口を」

男は小さく口を開けた。そこにナイフがすべり込んだ。男の眼がひきつった。口が大きく開いた。油まみれのタオルがそこに押し込まれた。江西がトランクを閉めた。

「秋津さんにもう一度電話をしましょうか」

「頼む」

江西は薬屋の前のカバーに囲われた青電話の所に走った。タクシーが近づいてきて停まり、客をおろして走り去った。タクシーのライトが、道に落ちている書類封筒を照らし出した。矢口はそれを拾った。矢口は助手席のドアを開けて乗り込んだ。

ルームランプをつけて、封筒の中身をひき出した。キャビネ判の写真が一枚入っているだけだった。建物の一部と窓が写っていた。窓ぎわに人が立っていた。有紀子のようだった。明りが暗くて見定めはつきにくい。端に新聞も写っていた。矢口は写真を裏返した。軽井沢《かるいざわ》追分《おいわけ》×番地泰山《たいざん》荘とボールペンらしい字で書いてあった。そこが有紀子が監禁されている場所ということか？

「つかまりました。東中野でした」

江西がもどってきて言った。彼は運転席に乗り込んだ。車を出した。

「秋津さん、びっくりしてました。そういう男が現われたと言ったら」

「それで？」

「東中野の駅の手前の、環状六号線の立体交差のところで待ってるそうです」

「鮫洲の自動車修理工場は使えるって？」

「だいじょうぶだと言ってました」

矢口はうなずいた。

「それにしても、どういう奴ですかね、トランクの中の野郎は？」

「おれもそれをさっきから考えてるんだ。奴はどうも、あの五千万円のことを知ってるな、感じとして」

「有紀子さん名義で矢口さんの口座に振り込まれてきた五千万円ですか？」

「さっきの電話のやりとりで、五千万円ならあるはずだ、と言いやがったんだ」

「そう言えば、現われたのが金が振り込まれて三日目ですか。タイミングがよすぎるなあ」

「判らないのは、奴がどうしてそんなこと知ってるかだよ」

江西はうなずいた。矢口はシートに深く体を埋めて眼を閉じた。

仮りに男が有紀子を拉致した一味の人間だとしよう――矢口はそう考えた。それならば有紀子がどこかに監禁されているということを知っていても不思議ではない。

だが、そうだとしても、五千万円の正体不明の金が有紀子から矢口に振り込まれてきたことをなぜ彼は知り得たのか。その謎は残るのだ。そして男は五千万円の金の件を明らかに知っているとしか思えない。

いったい、あの金はどういう種類のどういう意味を持った金なのか？

「誘拐されて身代金を要求してくるというのは判るけど、逆に金を送ってきたんだから妙ですねえ」

江西がつぶやくように言った。

矢口はうなずいた。うなずいた頭が途中で止まった。何かが頭をひらめくようにしてよぎった。矢口はそれを追った。

ひとつの考えが形をなすまでの、心の逸《はや》りともどかしさが、交互に彼を襲った。

「こういうことは考えられないか？」

「なんです」

「あの五千万円は、有紀子を監禁してる奴から振り込まれてきた金じゃないか？」

「しかし、何のために？　まさか有紀子さんを連れ去った詫びのためでもあるまいし」

「奴らの一人が電話をよこして、仕掛けてきたのはそっちじゃないか、と言ったというのを憶えてるだろう？」

「ええ……」

「つまり、誰か大河原忠哉をゆすってた人間がいたんだ。有紀子の父親が殺されたことで……。それで大河原は逆襲のつもりで有紀子を拉致して監禁した」

「それなら、何も五千万円を振り込んでくる必要はないわけですよ、奴には」

「ちがうんだ。まあ聞けよ。大河原はおれと有紀子がゆすってきたと思ってたから、有紀子を押えて安心した。ところが、ゆすりはつづく。だからおかしいと思っただろう。おれの動きを奴らもマークしてたはずだから、おれが何を聞きまわったり、調べたりしてるかということも奴らにはある程度見当はついてただろうと思うんだ」

「たしかにこっちの動きをマークはしてたでしょうね。二度も襲われたんだから」

「二度じゃない。正確には三度だよ。有紀子のマンションの寝室に忍び込んで、彼女の写真とおれの服をナイフで刺して行った」

「パリに行く前ですね」

「そうだったな。で、そういうおれの動きを見て、大河原はゆすってるのはおれじゃないと気づきはじめたんだと思うよ」

「すると矢口さんの推理は、矢口さんの名を騙《かた》って大河原をゆすった人間がいるということですか？」

「そうなんだ。ゆすりに対抗して人質を取ったのに、ゆすりはつづく。だから、ゆすりをやってるのはおれじゃないと大河原は判ってきた。だけどとにかく正体不明の脅迫者の要求は呑まなければ、昔の人殺しがばれてしまう。そうなりゃ代議士への返り咲きは望めない」

「そりゃそうだ」

「脅迫者は利口な奴だ。おれの名を騙るぐらいだから、ゆすった金の振り込み先として、おれの銀行口座を指定してきた。口座番号までは判らなくても、口座のある銀行を調べるぐらいはむつかしいことじゃないからな。名前さえ判れば金は振り込めるだろう」

「まあね」

「となると、トランクでうめいてる奴は、おれの名を騙って大河原をゆすった奴かその一味ということになる」

「田代光安ですかね？」

「ちがうんじゃないか？　田代は大河原と同郷だ。それに奴はインテリだよ。荒っぽいことをするよりは頭を使って甘い汁を吸おうとするだろうな」

「たとえば？」

「有紀子が、大河原が昔殺した下條友和の娘だということを大河原に教えたのは、田代じゃないかと思うんだ。そのネタを売り込むほうが、やり方によっては苦労しないで、危い橋も渡らないで甘い汁が吸える」

「そうですね」

「ただ、おれの推理で説明がつかないのは、トランクでうめいている奴が、大河原をゆすってた奴だとしてだね、奴がどうして有紀子の監禁されている場所まで知ってたかということだよ。とにかくそれらしい写真まで撮ってるんだからな」

「奴も大河原の一味で、しかも大河原を裏切って五千万せしめようとしてたんじゃないかな？　それなら五千万円大河原が振り込んだことも知ることができるはずだし、有紀子さんの監禁場所だって当然、知ってるわけでしょう」

「裏切りというか、マッチ・ポンプというか、そういうことしかさし当り、考えられないなあ」

矢口はふたたび口をつぐんで考え込んだ。

東中野で秋津を拾ったときは、時刻は十二時近くになろうとしていた。

2

マークⅡは鮫洲の自動車修理工場の中に停まった。秋津がシャッターをおろした。明りがつけられた。機械油の匂いが鼻をついた。

矢口が最初にしたことは、写真をたしかめることだった。トランクの中に押し込まれた男が、五千万円で売りつけようとした写真である。

車のルームランプで見たときは見定めがつかなかった。いま明るい光の中で見ると、窓ごしに見えるのはまちがいなく有紀子の横顔である。

矢口は唇を咬んだ。有紀子の横向きの上半身が写っていた。有紀子は裸だった。裸の胸を腕で覆うようにしていた。

窓の手前に丸木組みのバルコニー風のものの一部が写っていた。写真の右端には、いくらかピントがぼけているが、新聞の紙面の一部も写っていた。スポーツ新聞だった。どうにか見出しが読めた。大相撲の九州場所千秋楽の記事だった。つまり二日前の新聞ということになる。

江西がトランクを開ける音がした。矢口は写真を助手席のシートに置いた。車の後ろにまわった。

「おもしろい顔した野郎だね。餌《えさ》を投げないで下さいという札のついた檻《おり》に入れると似合いそうな面《つら》だ」

秋津はトランクの中の男の顔をのぞき込んで言った。男は窮屈に体を折って、トランクの底の敷物にぐったり頭をつけていた。

「出ろ！」

矢口は言った。裸にされた有紀子の写真を眼にした後である。荒々しい感情が矢口の胸にたぎっていた。

男は動こうとしなかった。眼だけを泳がせた。江西が髪をつかんだ。それで男はのそのそと体を起した。秋津がトランクの蓋を勢いよく下げた。それは男の頭を打った。男の体はがくんと揺れて前に傾いた。

矢口は男の襟をつかんで引いた。男は肩からコンクリートの床に転がり落ちた。すさまじい悲鳴を上げた。刺された腕を自分の体の下に敷いてしまったのだった。悲鳴はシャッターをおろした深夜の工場の中でこだました。

「吠えてやがる。やっぱりこいつは檻の中のほうが似合うようだぜ」

秋津は言いざま、男の顔面を蹴とばした。それから彼は男のタオルの猿轡をはずして言った。

「着ているものを全部脱げ。江西君、脱がしてやれ」

男は膝を折り、正座したままうずくまる恰好になった。低い声が床を這って聞こえた。

「おれはしゃべらないぜ。五千万円くれるまではな……」

「いいだろう。だが、昔から命より金が大事だって奴はいねえんだ」

秋津は言って工場の隅に行った。矢口は奥の隅の事務机らしい上に電話機があるのを見つけて、そこに走った。小田原の母のことが気になった。

小田原は無事だった。警官が巡視をつづけてくれているらしい。高校の体育の教師をしている従兄弟が二人、泊り込んでいるという。矢口はそのときも事情を説明せずに電話を切った。

もどると江西が男を素っ裸にしていた。秋津が油のしみ込んだ木の作業台を引きずっていた。矢口は行って手を貸した。

「どうするんですか、これ?」

「檻がないから代りにこいつにくくりつけるのさ」

秋津は笑った顔で言った。作業台は重かった。男ははこばれてきた台を見て、すぐに首を前に落した。江西がロープを見つけてきた。男は台の上に仰向けにされた。手首と足首にロープが巻きつけられた。ロープの端はそれぞれ作業台の四本の脚に留められた。男の肌は青黒くなって鳥肌が立っていた。濃い陰毛の中に性器が埋まっている。

「寒いか？」

秋津は訊いた。男は眼をひきつらせたまま口をつぐんでいた。

「焚火《たきび》しようぜ」

秋津は男の口に押し込まれていた、油で汚れたタオルを拾い上げた。男の下腹にそれを置いた。ライターがつけられた。秋津は無造作にタオルに火を移した。うすい煙が立った。小さな炎がひろがった。

「止めてくれ！」

男はわめいた。体を揺すった。作業台の脚が床を叩いて音を立てた。

「下條有紀子が軽井沢の泰山荘に監禁されてることを、どうしておまえが知ってるのか、まずそれを訊かせてもらおうか」

矢口は言った。タオルはくすぶりながら燃えつづけた。肌が焦げ、陰毛の燃える異臭が漂った。江西は青い顔になっていた。秋津は表情を変えていなかった。彼は火の回っていないタオルの端をつまんだ。それを引いて男の胸にまでタオルを伸ばした。作業台の足が鳴りつづけた。男は電気に打たれたように体を跳ねさせた。跳ねながら言った。

「偶然だ。偶然に別荘に女が監禁されていることを知っただけだ」

「偶然で五千万円もうけようとしたって言うのか。子供だましだな」

「ほんとだよ。ほんとだ」

「人の懐具合を見るのがうまいと言ったな。どうしておれの所に五千万円あると知ってたんだ？　それも偶然か？」

男は答えなかった。

「矢口、訊かなくたっていいよ。そのうちしゃべりたくてうずうずしてくるさ」

秋津は言って男の傍を離れた。タオルはくすぶりつづける長い一本の火の帯となった。それが男の胸から下腹部を焦がしていた。

「早く吐いちまえ。もっと痛い目にあうぞ」

江西が男の顔をのぞき込んで言った。男は江西に唾を飛ばした。

「くそっ！」

江西はうめいた。秋津がワイヤーロープを引きずってきた。三メートル余りの長さである。両端が輪になっていた。クレーンの吊り上げに使うものらしい。ワイヤーロープは全体がささくれ立っていた。無数の鋼鉄の棘で覆われているようなものだった。

江西は秋津の手からワイヤーロープを引ったくるようにした。そばに男の着ていた服があった。江西は服を丸めて、それでワイヤーロープをつかんだ。鋼鉄の棘から手を守るためだった。

ロープが宙に躍った。銀色の蛇さながらだった。風を切った。男が悲鳴をあげた。くすぶっていたタオルが灰を散らして飛んだ。男の腹に血の条《すじ》が走った。

江西はワイヤーロープを振るいつづけた。ロープの端が作業台を打った。木がささくれて小さく裂けた。白い地肌が現われた。男の胸から腹はたちまち血で染まった。タオルで皮膚の焦げた部分はさらに無残だった。性器からも血がふき出ていた。

「替ろう、江西」

矢口は言った。胸は沸《たぎ》っていた。矢口は両手でワイヤーロープをつかんだ。作業台ごと叩き割る勢いで振りおろした。銀色の蛇は男の顔面を斜めに打った。

「江西、シャッターのところに水道がある。ホースひっぱってきて水を出せ。気絶するかもしれないからな」

秋津が言った。平静を保っているのは彼だけだった。男の顔は赤く皮膚がささくれ立ったまま、血で染まった。男は獣のようにうなりつづけた。

秋津がホースの水を浴びせた。男は体をふるわせた。血と水がひとつになって作業台から滴った。

「いいだろう。水を止めてくれ」

水は止まった。濡れた男の体を、今度は秋津がホースで殴りつけた。

「いいかげんに吐けよ。殴ってるほうも、見てるほど楽じゃないんだ」

秋津は言いながら殴りつづけた。男は白眼をむいたまま、体をふるわせた。

「仕方がないな。また万力でやるか」

秋津が言った。矢口はうなずいた。男の顔に怯えが走った。矢口はそれを見逃さなかった。

「おまえ、宮川って男知ってるだろう？」

矢口は言った。男は顔をひきつらせたまま眼をそらせた。

「万力といったら顔色が変ったぜ。宮川は万力で片手をつぶされた。おまえは膝の骨でも砕いてやろうか」

「膝ねえ。膝はいい。それいこう」

秋津が言った。

作業台ごと、男は万力のある場所に運ばれた。運ばれながら台の上で体をよじって叫んだ。

「殺せ！　殺してくれ！」

「殺せだと？　冗談は止めてくれ。人を殺せるほど、おれは情深《なさけ》くはないんでねえ」

秋津が言った。

「五千万円、欲しくはないのか？」

江西がひきつった顔に笑いを作って、男の耳もとでささやいた。

男の右足のロープだけが解かれた。江西が男の足首をつかんだ。矢口が万力を開いた。秋津がそこに男の膝を押し込んだ。矢口ははずみをつけて万力のハンドルを一気に回した。ハンドルは勢いよく回転した。万力が男の膝に左右から咬みついた。男がわめいた。彼はしかし動けなかった。動くと痛みが増すだけだった。

ハンドルは回転を止めた。矢口はそれに手を当てた。力を加えた。固かった。男の顔は蒼白のまま小刻みにふるえていた。矢口は力をゆるめなかった。固い手応えをおしてハンドルを回した。男の膝がにぶい音を立てた。ハンドルの抵抗がなくなった。男の膝は万力で絞られてくびれた形になっていた。男は不意に静かになった。

「またいっちまいやがった。江西、水だ」

秋津が言った。江西が走った。水の噴き出るホースが運ばれてきた。秋津は男の顔に水を浴びせた。男ははじかれたように体を動かした。眼をあけた。

「膝はもう一本ある。つづけるか？」

秋津が言った。男ははげしく首を横に振った。

「止めてくれ。おれは、おれは……」

「おれが、どうした？」

「組んだだけで、何もしていない」

「誰と組んだんだ？」

矢口はどなった。

「田代光安……。ちがうか？」

秋津が言った。男は眼を見ひらいた。

「知ってるのか、奴を？」

男はうめくような声で言った。

「やっぱり田代か……」

矢口は言った。

「江西君、もう一方のこの旦那の膝、万力にはさめ。いい加減なことをぬかしやがったら遠慮なしに万力絞めるんだ」

秋津が江西に言いつけた。江西は動いた。

「あらまし見当はついてるんだ。言ってることが嘘か本当かぐらいはこっちも判る。万力が絞まったら嘘がばれたと思うんだな」

矢口はハンドルをゆるめながら言った。万力からはずされた男の膝に血がにじんでいた。膝から下はきかなくなっていた。糸で吊られた丸太のように力なく揺れた。江西と秋津が台ごと抱えて、男の体の向きを変えた。もう一方の膝が万力にはさまれた。矢口はハンドルを回した。男の体がはげしくふるえた。彼はふるえる声で言った。

「全部、田代がやったんだ」

「人の名前を言う前にてめえのほうが名乗るのがエチケットだろうぜ」

秋津が言った。秋津はポケットから小型のテープレコーダーを出してスイッチを入れた。

「おれは坂部《さかべ》っていう者だ。坂部利正《としまさ》」

「立派な名前だ。似合わないけどな。商売はなんだい？」

「新聞屋だ」

「新聞？　ゆすり専門の新聞かい？」

「おれの所に田代がネタを売り込みにきた」

「大河原忠哉が四十年前、正確に言えば四十三年前の昭和二十六年六月十二日だ。その日に秋田県平鹿郡増田町のあたりで、下條友和という左翼を仲間と殺した――そういうネタだな？」

矢口は言った。男はうなずいた。

「それでおれはそれを原稿に書いて、コピーを大河原に送りつけたんだ。五千万円の値段をつけて……」

「それで大河原が下條有紀子をつかまえて軽井沢に監禁したのか？」

「それも田代が指揮してやったんだ」

「有紀子をつかまえたのは田代か？」

「田代は大河原と同郷だ。一年半ばかり前にパリからもどってきて、大河原の事務所に出入りするようになった。奴はインテリで頭が切れる。英語とフランス語もしゃべれる。大河原の選挙用の印刷物の文章は、全部、奴が作ってる。大河原が主宰している新日政治研究会の会報も奴が作ってるんだ」

「なるほど……」

「田代は一方では大河原が耳に入れた情報をわれわれみたいな新聞に売り込んで、脅迫まがいのことをやっている。これは大河原もグルだ」

「田代はそうやって、昔の左翼殺しをネタに、おまえに大河原をゆすらせて、一方では大河原の片腕って面して有紀子を監禁する指揮をとったのか？」

「そういうことだ。おれは田代に言われて、矢口克巳という名で大河原をゆすった。で、田代はあんたを何回か襲わせたってわけだ」

「ところがドスコイお相撲さんだ。矢口と江西ががんばっちゃった。消しそこねたってわけだ。殺し屋のギャラけちるからだ」

「殺す気はなかったらしい。警告のつもりだと言ってた。あんたに死なれちゃ、脅迫の名義人がいなくなるから、田代は困るわけだよ。とにかくそうやって女を監禁したのに、五千万円の脅迫はつづくから、大河原はもう手がない。とうとう五千万円を払うことにした。そう持ちかけたのはもちろん田代だ」

「マッチ・ポンプっていうやつだな」

「で、おれは大河原に、下條有紀子名義であんたの口座に五千万円振り込ませた」

「それを、有紀子の居所を知らせた礼としておれから取る。それを田代と山分けすれば、田代はゆすりをやっても一切自分は表に出なくて金だけ手に入る……」

「そういうことだ」

「矢口は恐喝の代理人にされた上に、ゆすった金のトンネルに使われたってことだな」

秋津が言って、おかしそうに笑った。

「しかし、有紀子の居所を知れば、おれが救い出しに行くことは判ってるだろうに、どうする気なんだ？　田代と大河原は？」

「おれがあんたと接触して、女の居所を確認させる。おれはあんたの口座に入った五千万円を受け取る。そして田代に連絡する。その時点で女は他に移すと言ってた……」

「移す？」

「消す肚のようだ。遺書を書かせたと言ってたからな」

「くそ！」

矢口はうめいた。

「田代はしかし、大河原の昔の左翼殺しを、どうして知ったんだ？」

「前からそれは知ってたらしい。田代のおふくろさんの兄貴、つまり田代の伯父だ。その伯父と大河原と二人で左翼殺しをやったらしいんだ。やったらしいということを、田代は母親から聞いていた。その伯父はあとで自殺したらしい」

男は、苦痛にあえぎながら話しつづけた。額に脂汗が光っていた。

「ところが、田代はパリで下條有紀子と知り合って恋仲になった。そして相手が昔、自分の伯父と大河原が殺した左翼の娘らしいと知ったわけよ」

「そのときから田代の計画がはじまったのか？」

「だと思う。奴は下條有紀子に、父親を殺した男を知ってるから、仕返しをしようと持ちかけたが、相手は怖がって遠ざかったらしいんだ」

「あたりまえだろう」

「それで田代は日本に引き揚げてきた。すぐに田舎に帰って自殺した伯父の家に行って、遺《のこ》されていた日記を見つけたらしい。田代のおふくろさんが持ってたらしいんだ。伯父の自殺の件で警察がいろいろ遺品を調べたことがあって、それを事前に察して田代のおふくろさんが隠しておいたらしい」

「それに左翼殺しの一件が書いてあったのか？」

「そういうことらしい。大河原の名前もあったそうだ」

「それを使って大河原を脅すことを考えないところが、田代の並みでない悪知恵だな。伯父の日記を使えば、日記の出所から田代が疑われかねないと考えたんだろう」

「そうするうちに、下條有紀子のアニメーションが新聞記事に出たから、田代はそれを見たそうだ。そしてそいつをきっかけにして、事をはじめることに奴はきめたのさ」

「有紀子のアニメーションが、どうしてきっかけになったんだ？」

「おれが四十年前の大河原の左翼殺しの原稿を匿名《とくめい》で送る。大河原宛の郵便物は親展でない限り、秘書の田代が開封して処理するらしいんだ。で、田代がおれの送った原稿を読み、大河原に見せる。当然、原稿のコピーの送り主は誰かってことになる。そこで田代は下條有紀子のことや『冥父』とかってアニメーションの話をする。そして大河原に下條有紀子の身辺を調べてみると言うわけだ。そして、あんたと下條有紀子との関係を大河原に告げるわけだ。その後でおれがあんたの名前で大河原にゆすりをかける」

「そういうことだったのか！」

「『冥父』ってアニメーションの中に、なんでも鳩に化けた蛇に殺されたとかって科白《せりふ》があるらしいんだな」

「ある」

「それを田代はうまく使って、下條有紀子が父親の死の真相を知ってるっていうふうに、大河原に思わせたという話だった」

「田代はどういう口実で有紀子を誘い出したんだ？」

「下條有紀子がパリにいたときに親しくしてた外人の女の名前を使ったそうだ」

矢口は咄嗟にマダム・ジネットのことを思い出していた。

「東村山の共和運輸って会社は知ってるな？」

「鬼頭章司って若い奴のおやじがやってる会社だろう？」

「鬼頭章司を操ってるのも田代か？」

「そうだ。鬼頭は大河原の隠し子と恋仲らしい。大河原の秘書に取り立ててやると持ちかけて、田代がいろいろ鬼頭に仕組ませている」

「鬼頭章司の父親のほうは関係ないのか？」

「あれは何も知らされていないはずだ」

「共和運輸の専務の本間友昭とかってのは？」

「奴は鬼頭章司にうまくのせられて、いろいろ荒っぽいほうの手伝いをしたんだ」

「軽井沢の泰山荘ってのは？」

「大河原の別荘だ」

「何人そこに詰めてる？」

「いつもは三人だ」

矢口は秋津を見た。秋津は時計を見た。午前三時になろうとしていた。

「まず、役者を集めなきゃな」

秋津はそう言った。

江西が訊いた。

「こいつはどうします？」

「どっちみち檻か車のトランクの似合う面だ。トランクにまた放り込め。最初は南烏山だ。今夜は眠れそうにないな。京子はさびしがってるだろうに……」

秋津はぼやく口調になっていた。

3

ビレッジ烏山の三三〇六号室がノックされたのは、やがて午前四時という時刻だった。

ノックしたのは秋津だった。ドアの横の壁に、矢口が背をつけて眼を光らせていた。江西は車に残っていた。

ノックに答はなかった。秋津はブザーボタンを押した。寝静まった部屋の中で鳴る、ブザーの音が、ドアの外にまではっきりと聞こえた。

やがて中で足音がした。

「どなた？」

女の声だった。

「坂部と言います。田代さんに至急お会いしたいんです」

秋津は地の声で言った。女は声をかけておいて奥に引き返した。すぐにまた足音が近づいてきた。鍵とドアチェーンをはずす音がした。秋津はドアに向って片手拝みの仕種をし、横の矢口にウインクを送った。

ドアが開けられた。矢口がとび込んで、女の顔の前にナイフを突きつけた。秋津がつづいて入り、ドアを閉めた。

矢口は土足のまま女を押して奥に踏み込んだ。女はネグリジェを着てガウンをはおっていた。ネグリジェの裾を自分で踏んでよろけた。キッチンを抜けてリビングルームに行った。奥のドアが開いてガウンをはおった男が出てきた。男は半歩あとじさった。眼をむいたまま、空気の音を立てて洟をすすった。彫りの深い端正な顔をしていた。

「矢口か……」

相手は言った。矢口は眼をすえてうなずいた。秋津が女の肩を押えた。ガウンを脱がせた。女は立っているのがやっとというありさまだった。

「田代光安だな。坂部から全部話を聞いた。大河原に緊急の用でこれから会いに行くと電話をしてもらう」

矢口は低い声で言った。田代はまた洟をすすった。唇が一緒に小さく歪んだ。返事をしない。

布地の裂ける音がした。女が叫んだ。叫び声はすぐに消えた。秋津が口を押えていた。ネグリジェが襟から裂けて、肌があらわになっていた。秋津が裂いたのだ。秋津は女の肩からネグリジェを剝ぎとった。それは下にすべり落ちた。女は下着をつけていなかった。

秋津は女の肩ごしに手をまわして乳房をつかんだ。詰まらなそうな表情を彼は作っていた。女は身を揉んだ。秋津は女の体をうしろに起して反らせた。彼の手の下で、白い豊かな乳房が躍った。

「これくらいの余禄がなきゃ、やってられないよな。こっちは五千万円をネズミみたいにかすめ盗ろうってほどの知恵はないしなあ」

秋津の声は愉しげだった。彼は乳房を揉みながら、片手でライターをつけた。炎が長く伸びた。その先が女のしげみを小さく焼いた。乳首も炎がひと掃きした。女は小便をもらした。声も出せずにいた。

「電話するのかしないのか」

矢口は田代の前に寄っていった。いきなり足を飛ばした。田代は股間を押えた。そのまま顔を上げた。頬に笑いがあった。ゆっくりと体を起した。電話は部屋の隅にあった。田代はそこに歩み寄った。ダイヤルを回した。矢口はその数字を確かめた。

「田代です。こんな時間に恐縮です。先生にこれから至急の用でお邪魔に上がる、とお伝えください」

田代の声は落着いていた。なめらかにひびいた。彼は電話を切ると、矢口をふり向いて言った。

「よく坂部を吐かせましたね」

「その代り奴は運よく生きのびても、車椅子の世話になるだろうな」

矢口は言った。田代はかすかに眉をひそめた。秋津はライターをポケットにもどした。手は女の乳房から離れてはいなかった。片手が焦げたしげみをさすっていた。やはり退屈そうな顔を作っている。

五分後に、スーツに着換えた田代を両側からはさんで、矢口と秋津はその部屋を出た。秋津は田代を車に乗せる前に、江西に言いつけてトランクを開けさせた。

坂部は猿轡《さるぐつわ》をかまされたまま、素裸で気を失っていた。顔も胸も腹もワイヤーロープの傷で皮膚がささくれ立ち、血にまみれていた。骨をつぶされた両方の膝が、逆の形に曲げられていた。踵が腹を押していた。田代は吐きそうになったらしい。口を押えて背中を丸め、よろめいた。

南烏山から、大河原の住む松原《まつばら》まではすぐだった。

邸の門と玄関に灯がついていた。田代は門のインターフォンで名前を告げた。どこかでスイッチが押されたらしい。門がひとりでに開いた。田代は車の中に連れもどされた。車は門を入り、大きな泰山木《たいさんぼく》の横をまわり、車寄せに停まった。

お手伝いらしい中年の女が立っていた。はじめに秋津が降りた。つづいて田代が矢口にナイフで腹を小突かれて降りた。矢口は田代に体をつけるようにしてつづいた。

「先生は」

「応接間でお待ちです。どうぞ……」

女は丈の高い木のドアを開けた。広い玄関だった。女は玄関に入ると、そのままほの暗い廊下を奥に向って行った。

玄関の先に、明りがついてドアの開いている部屋が見えた。そこが応接間らしかった。秋津は土足のまま上がった。グレイの敷物が足音を消していた。矢口は田代の体を押した。田代も靴を脱ぐ間は与えられなかった。

田代を先に立てた。矢口は背中にナイフを突きつけていた。田代は明りのついた部屋の前で足を停めた。矢口は押した。田代は部屋に入った。彫刻のある衝立があった。中は見とおせない。田代は衝立の横を回った。

「なんだい急に……」

丹前姿の大柄な男が、ソファに坐っていた。男は矢口と秋津を見て、一瞬、怪訝な表情になった。

「どなた、このお二人は？」

男は言った。

「大河原忠哉先生でいらっしゃいますか？」

秋津が前に進み出て、小腰をかがめた。

「大河原だが、きみたちは？」

「はい……」

秋津は最敬礼をした。そのまま、ソファの前のテーブルに歩み寄った。そこでまた深々と頭を下げた。頭を下げたまま、秋津の手はテーブルの上のクリスタルグラスの大きな灰皿に伸びていた。

すばやい動きだった。灰皿が明りにきらめいて横に走った。大河原の大柄な体が力を失って横にくずれた。顎の先端を真横に払われていた。大河原は声も立てられず、短い間、眼の焦点を失っていた。

「声を立てるなよ。おまえのためだ」

秋津は大河原を起した。眼の前にナイフを突きつけた。大河原はまだ意識がかすんでいるらしい。だらしなく口をあけていた。

秋津は立たせた。廊下に出た。奥からさっきの女中が茶の支度をした盆を持ってやってくるのが見えた。秋津は平気な顔をして大河原を玄関に押して歩きながら、女に声を投げた。

「急ぎますので、お茶は結構です。先生もそこまでちょっとご一緒されるそうですので……」

女は足を停めた。がすぐに盆を持ったまま玄関に出てきた。秋津も矢口も、女の眼にナイフが見えないようにした。女は車寄せまで出てきた。大河原を先に乗せた。つづいて秋津が乗った。矢口は田代の腰を押すようにした。最後に矢口が助手席に乗り、江西が車を出した。

「いったい何者だね、きみらは？」

しばらくして大河原が誰へともなく言った。声がふるえていた。誰も答えなかった。

「どういうことだね、田代、これは？」

「ごらんの通りです。どうやらおしまいらしい。行先は軽井沢でしょうから……」

田代はあいかわらずなめらかな声で言った。

「軽井沢！」

大河原の体がシートの上ではじかれたようになった。

4

泰山荘は全体が丸木で組まれたロッジふうのたたずまいを持っていた。庭はそのまま葉を落した白樺《しらかば》の林につづいていた。林の木々の梢《こずえ》は高く上がった初冬の陽光を浴びていた。近くに建物はない。

自然石をあしらったポーチの前に江西は車を停めた。クラクションを鳴らした。誰も車から降りなかった。

玄関の扉が開いて、若い男が出てきた。赤い革ジャンパーにジーパンをはいていた。男は怪訝な面持ちで車に近づいてきた。肩をゆするような歩き方だった。

田代が秋津に小突かれてドアを開けて降りた。秋津もすぐにつづいた。革ジャンパーの男は田代を見て頭をさげた。江西が運転席から降りた。手に大きなスパナを持っていた。鮫洲の工場から持ってきたものだった。

男は江西を見た。スパナにも眼をやった。男の表情が曖昧に揺れた。江西はバットを振るようにスパナをスウィングした。

男は吹っとんだ。こめかみから血が吹き出ていた。男は立ち上がろうとして、前にのめった。完全に足にきていた。江西は男の腹を十発ばかり強く蹴った。男は体を痙攣させた。矢口は車のドアを開けた。短く切った針金の束を江西の足もとに投げた。片手はナイフをリヤシートの大河原に突きつけていた。

江西は針金で男の手足を縛り上げた。矢口は車を降りた。うしろのドアを開けた。丹前姿の大河原を外に引きずりだした。

江西が先に立った。玄関を開けた。男がまた一人、出てくるところだった。男と江西はドアを開けた拍子にぶつかりそうになった。

江西はいきなりスパナを突き出した。男の股間を突いていた。男はうめいた。体を折った。その顎の先をスパナが斜めに払い上げた。男は膝を折って前にくずれた。くずれながら彼は叫んだ。叫んだ男の口もとにスパナが打ちおろされた。男の頭が鉄平石《てっぺいせき》のたたきの上で跳ねた。

江西はまた針金で男の手足を縛り上げた。玄関を上がった右手に、手すりのついた広い階段があった。

階段に足音がした。男が一人現われた。ライフル銃を持っていた。黒いスエードのベストをウエスタンシャツの上に着ていた。ガムを嚙みながら、階段をおりてきた。

その足が停まった。ライフルの銃口が上がった。

「物騒なものは捨てたほうがいい」

矢口は言った。彼は大河原のうしろにまわり、耳の下にナイフを突きつけた。

「なんだい、田代さん、そのドテラのおやじは？」

ライフルの男が言った。

「あんたたちの雇い主だよ。銃は捨てろ」

田代がいった。田代の喉には秋津の突きつけているナイフがあった。

「すると、他の三人は、女を救い出しに来たってわけ？」

「そういうことだ」

矢口は言った。

「するってえと、どうなるんだい、おれたちの仕事は？」

「クビだよ、おまえたちはな」

江西は言って階段に近づいた。男が銃口を江西に向けた。眼がすわっていた。

「クビはないだろう、クビは。そうだろう、田代さんよう……」

男は言いながら銃口を江西に向け、階段をゆっくり降りはじめた。江西はあとじさった。

江西の眼もすわっていた。

「おれはそのドテラ着たおやじなんか知らねえよ。関係ねえもんな。おれたちは田代さん、あんたとの約束で、いろいろ危ない橋渡ってきたんだ。女が助け出される。あんたはこいつらにとっつかまる。するとおれたちがあんたにやらされたこともばれる。立つ瀬がないよな、こっちは。そうだろうが、田代さん」

男は銃をかまえたまま、みんなの前に立ちはだかった。

「どうしてこういうことになったんだい？」

男は田代に向って言いつづけた。

「手ちがいが起きてしまったんだ」

田代が答えた。

「手ちがい？」

男が口をとがらせた。

「田代が妙な奴と組んだからだよ」

秋津が言った。

「この田代ってセンセイはたいしたタマでなあ。てめえで火つけといて、てめえで火事だって騒ぎはじめるってのが得意らしいぜ」

「なんのことだい、そりゃあ？」

「どういうことだね、いったい？」

ライフルの男と大河原が前後して同じ意味のことばを吐いた。

「ドテラの旦那がゆすられて払った金は、この田代のポッポに入る。そういう筋書きさ」

「なんだと？」

大河原がうめいた。

「なんだって？　あの女、人質じゃなかったのかい。おれたちがやったのはゆすりだったのかい。身代金目当ての誘拐じゃなかったのかい」

ライフル男の声は悲鳴に近かった。

「しかも、金ゆすられたそのドテラのおやじが、おれたちの雇い主だって、田代、てめえさっき言ったな。どうなってんだ！」

「どうにもなっちゃいない。聞いた通りのことだ」

田代は宙に眼をすえたまま言った。顔色は蒼ざめていた。が、声は落ち着いていた。

「貴様、田代！」

大河原が歯噛みしたまま言い、田代をにらみすえた。大河原の体は怒りでふるえていた。

「おやじ、吠えるな！　話はこっちが先だ。黙ってろ。おれはただ働きはいやだぜ」

ライフル男が叫んだ。同時に江西の体が跳ねた。銃声が空気をふるわせた。男と江西はもつれたまま揉み合った。ライフルが床をすべってきた。鉄平石のたたきに銃口が突き当って停まった。

不意に大河原が腰を落した。彼はライフルにとびついた。矢口がうしろから組みついた。

ナイフが大河原の側頭部を切った。大河原はライフルをつかんだ。

すばやく遊底をスライドさせた。馴れた手つきだった。

秋津がたたきを蹴って田代から離れた。銃声がした。田代が腰をくの字に折って壁まで飛んだ。三メートルはあった。大河原は膝射ちの構えのまま、二発目を射った。田代の端正な顔のまん中に、花が咲くように血の珠が湧いた。それは見るまにひろがって、あふれはじめた。

田代は壁にもたれたまま、ゆっくりと左に倒れた。眼を見開いていた。眼球はもう動かなかった。

矢口が大河原をうしろに引きずり倒した。秋津が大河原の脇腹を蹴った。銃がたたきにころがった。秋津がそれをつかんだ。

矢口はナイフを逆手に持ちかえた。大河原の太腿がむき出しになっていた。ナイフがそこに突き入れられた。矢口は引き抜いた。

もう一度振り上げた。

「止めろ！　矢口！」

秋津がするどく叫んだ。同時にライフルが矢口の手からナイフを払い落していた。

「止めろ、矢口、殺すことになるぞ。おまえが人殺しをしてどうなる。大河原はもう自滅だ。これで二度目の殺人だからな、こいつにとっては……」

秋津が言った。もう叫ぶ調子の声ではなかった。

階段の上がり口では、江西と男がまだ揉み合っていた。秋津は寄って行った。そばにスパナが落ちていた。秋津はそれをひろい上げた。

「江西君、ほら……」

秋津は男を組み敷いて首を絞めている江西の前に、スパナを突き出した。江西はそれを受け取った。男はスパナで顎を払われてうめいた。

その横を矢口は駈け抜けた。階段を上がった。

「有紀子！　ぼくだ！」

階段を駈け上がりながら、矢口は叫んだ。

白い朝

1

一ヵ月が過ぎた。

冬は本格的になっていた。

大河原忠哉は殺人罪で起訴された。元代議士のライフルによる殺人事件は、世間をおどろかせた。

が、それ以上に人々がおどろいたのは、著名なアニメーター下條有紀子の謎の失踪の真相のほうだった。その入り組んだ背景と、四十年という時間の示す根の深さは、マスコミの恰好の話題となった。

鬼頭章司も、境田邦広を殺害したとして起訴された。

起訴状にある坂部の罪名は恐喝だった。

軽井沢の山荘にいた三人の男たちの他に、田代に金で雇われて矢口を襲った本間友昭たち四人の男も、傷害致死罪で起訴となった。致死罪が含まれたのは有明埠頭でトラックに轢かれた男がいたためだった。四人の男たちの中には、矢口に肩を刺された男と、秋津に万力で片手の骨を砕かれた男とがまじっていた。

矢口克巳、秋津慎吾、江西透の三名も傷害罪で何日も調べを受けた。しかし、最終的に起訴は免れた。情状が酌量されてのことだったが、警察でも検察庁でも、取調べに当る刑事や検事の心証は、三人に対して必ずしもよくはなかった。

特に、妙に理屈をこね、皮肉な受け答えの多い秋津は、危うく起訴となるところだった。

軽井沢で矢口たちに救出されてから、有紀子が日本にいたのは、十日間だけだった。

十日間で有紀子に対する警察の事情聴取は終った。その後すぐに、有紀子はパリに飛んだ。彼女の心と体の傷と疲れをいやすために、ペレはせまい自分のアパルトマンを片づけ、嫉妬深い妻を説き伏せ、有紀子を迎えてくれた。

有紀子が日本に帰ってきたのは、その年の大晦日《おおみそか》の午後だった。

大阪空港には矢口が迎えに出ていた。空港から二人が乗ったタクシーは、神戸《こうべ》の六甲《ろっこう》オリエンタルホテルに直行した。

2

物音が絶えていた。

矢口は瞼の裏に光を感じて目を覚ました。

そばに毛布からはみ出た有紀子の裸の肩があった。白い光が有紀子の肩をうすく染めていた。

矢口はそこに唇をつけた。有紀子が顔をのぞき込んできた。

有紀子がほほえんで言った。

「ボンナネ……」

「うん?」

矢口は聞き直した。

「ボンヌ・アネ……」

有紀子はほほえんだまま、ゆっくりくり返した。

「ボンヌはわかるけど、アネがわからないな」

「アネは年……」

「あ、それでボンヌ・アネ、ボンナネ。よいお年を……。つまり、明けましておめでとうか」

「そう。ボンナネ」

「ボンナネ、マダム……」

「外は雪よ。カーテンあけて、雪見てたの……」

「ほんとだ」

矢口は体を起して窓の外に眼をやった。細かい雪が一面に舞っていた。雪しか見えなかった。

矢口はベッドサイドテーブルのたばこを取って火をつけた。枕に顎をのせた。

有紀子が矢口の肩に頬をつけてきた。乳房が矢口の背中を押してきた。

矢口は肩に温かいものがこぼれ落ちるのを感じた。彼は仰向けになった。有紀子を見た。有紀子は声を出さずに笑った。眼が濡れていた。矢口はたばこを灰皿で揉み消した。矢口は笑った。有紀子の腰に両腕を回した。そのまま矢口は有紀子の上に体を重ねた。

「憶えてるかい?」

「何を?」

「三年前の冬。クリニヤンクールの有紀子のアパート。おれがその日のお昼、パリを離れて日本に帰るという朝のこと……」

「おぼえてるわ、はっきりと」

「忘れたくないからって、有紀子は言ったよね」

「言った……」

「ぼくもそう言った。いまも同じ気持さ。だから……」

矢口は言って体をずらした。

「ああ……」

有紀子は矢口の髪をまさぐりながら声をふるわせた。矢口は両の肩で有紀子の脚を押し分けはじめている——。

窓からの白い光が、有紀子の胸と矢口の背にうっすらと映えていた。

一九七九年十二月　徳間ノベルス
一九八二年五月　徳間文庫
一九九七年五月　講談社文庫

光文社文庫

長編ハード・バイオレンス

わが胸《むね》に冥《くら》き海《うみ》あり

著　者　勝《かつ》目《め》　梓《あずさ》

2014年12月20日　初版1刷発行

発行者　鈴　木　広　和
印　刷　豊　国　印　刷
製　本　関　川　製　本

発行所　株式会社　光　文　社
〒112-8011　東京都文京区音羽1-16-6
電話　(03)5395-8149　編　集　部
8116　書籍販売部
8125　業　務　部

ISBN978-4-334-76846-1　Printed in Japan

組版　豊国印刷

お願い　光文社文庫をお読みになって、いかがでございましたか。「読後の感想」を編集部あてに、ぜひお送りください。

　このほか光文社文庫では、どんな本をお読みになりましたか。これから、どういう本をご希望ですか。

　どの本も、誤植がないようつとめていますが、もしお気づきの点がございましたら、お教えください。ご職業、ご年齢などもお書きそえいただければ幸いです。当社の規定により本来の目的以外に使用せず、大切に扱わせていただきます。

光文社文庫編集部

ジャンプ　佐藤正午
彼女について知ることのすべて　佐藤正午
身の上話　佐藤正午
人参倶楽部　佐藤正午
ダンスホール　佐藤正午
ありのすさび　佐藤正午
墓苑とノーベル賞　佐野洋
死ぬ気まんまん　佐野洋子
わたしの台所　沢村貞子
窓鴉　式貴士
鉄のライオン　重松清
逃避行　篠田節子
スターバト・マーテル　篠田節子
司馬遼太郎と城を歩く　司馬遼太郎
司馬遼太郎と寺社を歩く　司馬遼太郎
狸汁　柴田哲孝
中国毒　柴田哲孝

猫は密室でジャンプする　柴田よしき
猫は聖夜に推理する　柴田よしき
猫はこたつで丸くなる　柴田よしき
猫は引っ越しで顔あらう　柴田よしき
風精の棲む場所（新装版）　柴田よしき
異端力のススメ　島地勝彦
北の夕鶴2/3の殺人　島田荘司
奇想、天を動かす　島田荘司
羽衣伝説の記憶　島田荘司
涙流れるままに（上・下）　島田荘司
見えない女　島田荘司
天に昇った男　島田荘司
漱石と倫敦ミイラ殺人事件（完全改訂総ルビ版）　島田荘司
天国からの銃弾　島田荘司
龍臥亭事件（上・下）　島田荘司
龍臥亭幻想（上・下）　島田荘司
エデンの命題　島田荘司